"品读南京"丛书

丛书主编

徐 宁

南京历代经典诗词

冯亦同 编著

南京出版传媒集团

南京出版社

图书在版编目（CIP）数据

南京历代经典诗词 / 冯亦同编著.—南京：南京
出版社，2016.9
（品读南京）
ISBN 978-7-5533-1416-7

Ⅰ.①南…　Ⅱ.①冯…　Ⅲ.①诗词—作品集—中国—
古代　Ⅳ.① I222

中国版本图书馆 CIP 数据核字（2016）第 150916 号

丛 书 名：品读南京
书　　名：南京历代经典诗词
丛书主编：徐　宁
本书编著：冯亦同
出版发行：南京出版传媒集团
　　　　　南 京 出 版 社
　　社址：南京市太平门街53号　　　　　邮编：210016
　　网址：http：//www.njcbs.cn　　　　电子信箱：njcbs1988@163.com
　　天猫1店：https：//njcbcmjtts.tmall.com/　　天猫2店：https：//nanjingchubanshets.tmall.com/
　　联系电话：025-83283893、83283864（营销）　025-83112257（编务）

出 版 人：朱同芳
出 品 人：卢海鸣
责任编辑：王松景　吴新婷
装帧设计：潘焰荣
责任印制：杨福彬

排　　版：南京新华丰制版有限公司
印　　刷：南京工大印务有限公司
开　　本：787毫米×1092毫米　1/16
印　　张：15.5
字　　数：198千字
版　　次：2016年9月第1版
印　　次：2023年6月第3次印刷
书　　号：ISBN 978-7-5533-1416-7
定　　价：49.00元

编 委 会

总 序

徐 宁

南京，举世闻名的"六朝古都""十朝都会"，作为首批中国历史文化名城，其本身就是一部书，一部博大精深的书，一部诗意隽永的书，一部文脉悠长的书，一部值得细细品读的书。

南京的历史，可以追溯到遥远的史前时代。汤山猿人的头骨化石，证明了早在60万年前，南京便已有人类活动。大约在1万余年前，文明的火种播撒到这里，新石器时代的人类在溧水"神仙洞"留下的陶器碎片，成为他们曾经生活在南京的证据。距今大约五六千年前，在中华文明方兴未艾之际，在南京城内的北阴阳营，出现了古老的村落，先民们开始了耕耘劳作的历史。回溯人类古老文明兴衰的历史，我们会发现，无论是埃及、巴比伦、印度，还是中国，文明的光辉都如出一辙地兴起于大江大河之滨。南京襟江带河，气候温润，土壤肥沃，得天独厚的地理环境自然而然受到先民们的垂青。早先的人类，或许没有想到南京之后的辉煌与壮美，他们只是凭着生存与繁衍的本能，选择了这一方水土。

虎踞龙盘形胜地

南京的山水形胜，用"虎踞龙盘"来形容最为传神。

南京占据了长江下游的特殊地理位置，东有钟山，西有石头山（今清凉山、国防园和石头城一带），北有覆舟山（今小九华山）和鸡笼山，南有秦淮河。从自然地理的角度来看，南京山水齐具，气象雄伟，符合古代堪舆"四象"的格局，是"帝王龙脉"之所在，诸葛亮所言"钟山龙盘，石头虎踞，此乃帝王之宅也"实非虚谈。从军事的角度来看，南京三面环山，一面临水，地势险要，易守难攻，尤其是南京城西北奔流而过的浩瀚长江，江面宽阔，水流湍急，在冷兵器时代无疑是一道难以逾越的"天堑"。从经济的角度来看，南京东连丰饶的长江三角洲，西靠皖南丘陵，南接太湖水网，北邻辽阔的江淮平原。交通便利，既有秦淮河舟楫之利，又有"黄金水道"长江沟通内外。同时，南京地处富庶的江浙与广袤的中原之间，利于互通有无，促进不同地域文化的交流。

民主革命的先行者孙中山先生在《建国方略》中赞美南京："其位置乃在一美善之地区。其地有高山，有深水，有平原，此三种天工，钟毓一处，在世界中之大都市诚难觅如此佳境也。"

金陵十朝帝王州

正是这些优越的先天条件，让南京在中华文明史上显得如此与众不同——历史上曾有孙吴、东晋、宋、齐、梁、陈、南唐、明、太平天国以及中华民国十个王朝（政权）在此建都，人称"十朝都会"。

早在周元王四年（公元前472年），越王勾践命令谋士范蠡在中华门外长干里筑城，史称"越城"，标志着南京建城史的滥觞。公元前333年，楚威王熊商击败越王，尽取越国故土，并在石头山筑城，取名金陵邑，这是南京主城区设立行政建置的开端。公元229年吴大帝孙权正式定都建业（东晋南朝称建康，今南京），开启了南京建都的历史。此后，东晋、宋、齐、梁、陈相继定都于此，南京由此得名"六朝古都"。

五代十国时期，杨吴权臣徐知诰（即南唐先主李昇）于公元937年以金陵为国都，改国号为唐，史称南唐。1368年，明太祖朱元璋在应天称帝，以应天为首都，改称"南京"，这不仅是南京之名的开始，也是南京第一次成为统一的全国性的首都。1853年，洪秀全领导的起义军势如破竹，席卷半个中国，而他所建立的太平天国政权也定都于此，取名天京。1912年，封建帝制被民主共和的浪潮所终结，中华民国成立，而作为这个新时代的象征，孙中山先生便是在南京就任中华民国临时大总统，死后则葬于中山陵。此后，到了1927年，国民政府以南京为首都。1949年，中国人民解放军百万雄师过大江，解放南京，历史翻开了新的一页。

在中华文明发展的历史长河中，南京阅尽人间沧桑。仅从南京名称的变化，便可见一斑。古人曾赋予南京冶城、越城、金陵、秣陵、扬州、丹阳（杨）、建业、江宁、建邺、建康、白下、蒋州、昇州、上元、归化、集庆、应天、天京，以及石头城（石城）、秦淮、白门、留都、行都、陪都、南都、龙盘虎踞、江南第一州等名号。

纵观中国历史，定都南京的王朝（政权）屡屡在汉民族抵御外族入侵的紧急关头挺身而出，承担起"救亡图存"的责任与使命，成为中华文化的保护者、传承者、复兴者和创造者。在历史的关键时刻，如果没有南京这座城市作出牺牲、担当和贡献，中华文明的进程不仅难以延续，中华民族的历史也要重新书写。与同为我国"四大古都"的北京、西安、洛阳相比，南京在中华文化史上占有特殊的历史地位，富有独特的文化魅力。

江山代有才人出

在中国的古都中，南京堪称是英才辈出之地。一代代帝王将相，一代代文人骚客，一代代才子佳人，一代代高僧大德、一代代富商巨贾纷至沓来，或建都，或创业，或致仕，或定居……他们被南京的钟灵毓秀所滋养，又反过来为南京和中国民族谱写出一曲曲辉煌壮丽的篇章。

孙权、朱元璋、孙中山这样的开国伟人自不必说，他们的文韬武略，丰功伟绩，彪炳千秋；一代名将谢玄、岳飞、韩世忠、徐达、邓廷桢、徐绍桢，气吞山河，力挽狂澜，战功赫赫；一代名臣范蠡、诸葛亮、王导、谢安、刘基、曾国藩，励精图治，运筹帷幄，富国强兵，他们共同为南京乃至中华民族的和平发展与辉煌荣光奠定基石。历朝历代，南京这块沃土人文荟萃，群星璀璨，既有谢灵运、谢朓、鲍照、李白、刘禹锡、杜牧、李煜、周邦彦、李清照、辛弃疾、萨都剌、高启、纳兰性德这样的大诗人大词家，又有范晔、沈约、萧子显、裴松之、许嵩、周应合、张铉、解缙这样的史学家和方志学家；既有支谦、康僧会、葛洪、法显、僧祐、陶弘景、达摩、法融、文益、可政、宝志、太虚、达浦生、丁光训这样的宗教人物，又有萧统、刘勰、颜之推、李煜、焦竑、李渔、汤显祖、孔尚任、吴敬梓、曹雪芹、袁枚这样的文坛泰斗；既有皇象、王羲之、王献之、颜真卿这样的书法巨擘，又有顾恺之、陆探微、张僧繇、萧绎、顾闳中、王齐翰、董源、卫贤、巨然、髡残、龚贤、郑板桥、徐悲鸿、傅抱石这样的绘画名家。科学技术领域亦是人才济济。南朝时期祖冲之，在世界上第一次将圆周率值推算到小数点后第7位，比欧洲早了1000多年；明朝初年郑和从南京出发，七下西洋，乘风破浪，直抵非洲，成就世界航海史上的佳话，比哥伦布发现新大陆还要早87年，南京由此成为中国海上丝绸之路的重要城市。

诗词歌赋甲天下

古往今来，南京独特的山川形胜和丰厚的历史底蕴，给世人提供了不竭的创作灵感和源泉。在南京诞生或以南京为主题的诗词歌赋比比皆是。创作者不仅有才子佳人，更有帝王将相和外来使节。诗词歌赋的门类众多，既有乐府诗、游仙诗、边塞诗，也有山水诗、宫体诗、怀古诗以及各类辞赋，其中流传下来的大多是经典之作，南京因此有"诗国"之称。

南朝诗人谢朓《入朝曲》中的一句"江南佳丽地，金陵帝王州"，传唱千年，将南京定格为一座美丽的帝王之都。南宋女词人李清照《临江仙》中的"春归秣陵树，人老建康城"，表达出的则是对南京的无限眷恋。明朝开国皇帝朱元璋《燕子矶》中"燕子矶兮一秤砣，长虹作竿又如何？天边弯月是挂钩，称我江山有几多"，展现出了一位草莽皇帝唯我独尊的豪情。清朝画家郑板桥《念奴娇·金陵怀古·长干里》中"淮水秋清，钟山暮紫，老马耕闲地。一丘一壑，吾将终老于此"，则表达了对南京山川的无限热爱和归隐南京的愿望。毛泽东主席《七律·人民解放军占领南京》"钟山风雨起苍黄，百万雄师过大江。虎踞龙盘今胜昔，天翻地覆慨而慷"，彰显的是革命领袖豪迈的英雄气概。而明朝朝鲜使臣郑梦周笔下的"皇都穆穆四门开，远客观光慰壮怀。日暖紫云低魏阙，春深翠柳夹官街"，流露出的则是远道而来的客人对明代首都南京的由衷赞美。

南京更是一座常令世人抚今追昔、抒发胸中块垒的城市，历代以南京为题材的怀古诗佳作迭出。从唐朝诗人李白《登金陵凤凰台》中的"吴宫花草埋幽径，晋代衣冠成古丘"，刘禹锡《西塞山怀古》中的"王濬楼船下益州，金陵王气黯然收。千寻铁锁沉江底，一片降幡出石头"，到南唐后主李煜"四十年来家国，三千里地山河"；从宋朝宰相王安石《桂枝香·金陵怀古》中的"念往昔，繁华竞逐。叹门外楼头，悲恨相续。千古凭高对此，漫嗟荣辱。六朝旧事随流水，但寒烟衰草凝绿。至今商女，时时犹唱，《后庭》遗曲"，到元朝词人萨都剌《满江红·金陵怀古》中的"六代繁华，春去也，更无消息。空怅望、山川形胜，已非畴昔"，再到清代官员纳兰性德《梦江南》"江南好，建业旧长安。紫盖忽临双鹢渡，翠华争拥六龙看，雄丽却高寒"。这些诗词歌赋意境高远，讲述的都是盛衰兴亡。南京的诗词歌赋宛如一条淙淙溪流，千百年来，流淌不息。南京在为世人提供创作舞台的同时也成就了自己"诗国"的美名。

传世名著贯古今

南京这座古老的城市，给中国乃至整个世界，留下了一批又一批不朽的文化遗产。

文学方面，既有《世说新语》《昭明文选》《桃花扇》《儒林外史》《红楼梦》之类的巅峰之作，又有《文心雕龙》《诗品》之类的经典文艺理论和批评著作。史学方面，既有记录国家历史全景的《后汉书》《宋书》《南齐书》《元史》，又有专注于南京地方历史全貌的《建康实录》《景定建康志》《洪武京城图志》《首都志》《金陵古今图考》。书画方面，既有《古画品录》《续画品》之类的理论著作，又有《芥子园画谱》《十竹斋书画谱》之类的入门教材。宗教方面，既有不朽的佛教和道教典籍《抱朴子》《佛国记》《弘明集》《永乐南藏》《金陵梵刹志》，又有重要的伊斯兰教文献《天方典礼》《天方性理》《天方至圣实录》。科技医药等领域，既有《本草经集注》《本草纲目》之类的医药学名著，又有《首都计划》《科学的南京》之类的科技规划作品。

南京的传世名著文脉悠长，绵延不断。一部部南京传世名著，宛如一座座高峰，矗立在中国文化的高原上，让海内外世人叹为观止。

城市是文化的载体，文化是城市的灵魂。著名文物保护专家朱偰先生在《金陵古迹图考》中写道："文学之昌盛，人物之俊彦，山川之灵秀，气象之宏伟，以及与民族患难相共、休戚相关之密切，尤以金陵为最。"南京在中国历史上创造了一个又一个辉煌和奇迹，南京外在的秀美与内在的深邃交织在一起所形成的独特城市气质，催生了南京人开明开放的气度和博爱博雅的蕴含，以及对这座城市深深的眷念和热爱。

文化是一个民族的精神血脉，是人民的精神家园。优秀传统文化是一个民族的根与魂。为了进一步培育和践行社会主义核心价值观，推进"书香南京"建设，我们决定编写这套"品读南京"丛书。丛书以分篇叙述的形式，向读者系统介绍1949年以前（个别内容延续到1949年之后）具有鲜明南京地方特色、又有国际影响力的南京历史文化"名片"。丛书以全新的视角和构架，运用最新的研究成果，点、线、面结合，全方位、多角度重现南京的历史文脉，展现南京在各个领域的创造和成就，将一个自然秀美、历史悠久、文化灿烂、人文荟萃的南京呈现给世界。

（作者系中共南京市委原常委、宣传部长）

目　录

唐五代时期

宋元时期

明清时期

民国时期

外国诗人咏南京

前　言

中国是诗的国度。源远流长的传统诗词，像长江大河一样滋养和传递着我们民族的精神之光和文化之美，也点点滴滴潜移默化着每个华夏儿女的心灵。不管你意识到与否，早在你牙牙学语的时候，诗歌就是你学习和使用母语的一位"启蒙老师"了。此后在你成长的道路上，她也始终伴随着你从校园内外到山水迢遥，做你陶冶性情、放松身心、结缘寄托、抒怀述志的"知音"和"信使"。到了悠闲、安逸的"乐龄"时光，只要你乐意，诗歌也会成为你这一辈子观看人世风景、体验审美情怀、感悟生命价值的"终身驴友"。

南京，就是这样一座泱泱诗国的东南重镇。作为历史悠久的六朝古都、人文荟萃的十代首府、享誉中外的文化名城，她有太多太多的诗歌瑰宝与文化遗产，需要我们去继承、去发现、去品读。编著《南京历代经典诗词》是我们为此作出努力的一次新尝试。入集155篇作品，上自六朝时期，下迄民国年间（1949年截止），有近两千年的历史跨度，诗歌样式包括民歌、诗、词、曲四种。除5篇民歌（包括童谣）作者均系无名氏外，127位历代诗人作品的具体分布为：六朝时期12篇，唐代与南唐35篇，宋代26篇，元代6篇，明代18篇，清代27篇，民国26篇。入集作品最多的作者，依次为唐代李白（7篇）、刘禹锡（3首），南唐李煜（3篇4首），宋代王安石（6篇）、苏轼（2篇5首）、辛弃疾（3篇），民国沈祖棻（3首）。以上安排，是为了名副其实地展示本书入选诗歌的"经典性"。正如鲁迅先生《摩罗诗力说》所云"诗人者，撄人心者也"，没有以上诗国巨匠和杰出诗人的名篇佳作，金陵诗词"撄人心"的程度就会受到影响。当然，如果不是受制于本书体例与规模，以上诗人名单和作品篇数会延长和放宽，也是毫无疑问的。

值得一提的是南宋诗人曾极的《金陵百咏》、苏泂的《金陵杂兴》，以及清代王友亮的《金陵杂咏》、汤濂的《金陵百咏》，这四部"金陵诗歌史上的奇葩与遗珍"也以较多篇幅入选本书，盖因南京市地方志编纂委员会办公室和南京出版社于2012年在《南京稀见文献丛刊》中专辑推出以上四部个人专题诗集，才让我们有机会与广大读者分享这份当代文史与出版界整理古籍的最新成果。此外，由邓攀先生编注的《外国诗人吟南京》在文后单列，让我们从更宏阔的时空背景上，认识和了解作为中国文化参照系之一的"金陵诗词"曾经有过的精彩折射与深远影响。

为了从总体上反映历代诗人歌咏南京，南京诗词承载南京历史文化、传承中华诗词优秀传统的概貌与宗旨，我们在作者分布和篇目选择上，尽可能兼顾经典性、代表性、多样性和创新性的要求，力求做到在突出大家与名作的同时，体现文学价值和历史影响，注重整体和谐、脉络清晰、可诵可读。构成本书特色和看点的"新意"还有：第一次将南朝民歌作为"开源"之作列为篇首；第一次将"游仙诗"入选并置于文人诗之首；在弘扬六朝文化、唐诗宋词所奠定历史辉煌的基础上，对明清诗歌、民国诗歌，作了力所能及的梳理，突出了南京诗词在这几个时期所体现的丰富性、进步性和历史担当。除了上述提到的新作品外，曹寅、张之洞、陈独秀、田汉、陈寅恪、朱偰、卢前、林散之、高二适、单人耘、谢士炎等人的作品以及民国七教授《謦蒙楼联句》均是第一次入选。在按年代排序、简要介绍作者生平、加注释疑和撰写说明文字之外，还对与此相关的名胜古迹、珍贵文物或重要史料等进行拾遗补阙，有助于读者们更深入了解诗词作品的内涵和相关节点的古今风貌，增进对南京这座"诗意之城"和"人文绿都"的向往与认同。

我们深知，与"南京历代经典诗词"这座无比丰厚、无限辉煌的文学宝藏与艺术殿堂相比，我们的付出是微不足道的。限于时间、识见和水平，本书的编著工作肯定还存在着疏漏、不足甚至谬误，敬祈方家和广大读者批评、指教，以便在今后再版时予以补正。

六朝时期

东吴童谣

宁饮建业水

宁饮建业水，不食武昌鱼。

宁还建业死，不止武昌居。

建业是南京古称之一，三国时期的吴国都城。建安十六年（211年），孙权将治所从京口迁往秣陵，次年改秣陵为建业，同时修筑石头城。黄龙元年（229年），孙权在武昌称帝，九月即迁都于此，为南京建都之始。他死后，后主孙皓于甘露元年（265年）迁都武昌，横征暴敛，奢靡腐败，结果遭到举国上下强烈反对，不得不于次年，即宝鼎元年（266年）再次还都建业。晋太康三年（282年）改称"建邺"。

《宁饮建业水》是左丞相陆凯在武昌劝孙皓时引用的一首童谣，题目系编著所加。该童谣短短四句，却从中透露出了人民的苦难、怨恨和不平：尽管武昌有美鱼可食，有房屋可居，但百姓宁愿到建业去，即使只能饮水充饥，如履死地，也心甘情愿。为什么呢？就因为人民苦于孙皓的暴政，向往建业，实是怀念创业皇帝孙权。陆凯在奏疏中痛陈国衰民弱之现状，力劝孙皓"省息百役，罢去苛扰，料出宫女，清选百官。"孙皓虽然不悦，但慑于老臣陆凯辅佐先帝的"宿望"，采纳了他的建议。这首反映了民情和人心、充满了激愤之声的儿歌，也以"吴孙皓初童谣"之名，被载入史册，留传至今。

南朝乐府民歌

民歌是我国文学史上最早出现的诗歌样式。南北分治的六朝时期，以南都建康为中心的长江中下游及周边地区，涌现出大量"鲜丽活泼"（余冠英语）的民间歌谣，因当时的中央政府都设有乐府机构搜集民歌并为之合乐，用于演唱娱乐，故统称"南朝乐府民歌"。这份继汉乐府之后，与北朝乐府民歌交相辉映、大放异彩的文学瑰宝，对同时代与后世的文人诗创作产生了重要又深远的影响。

子夜四时歌（节选）

朝日照北林，初花锦绣色。
谁能春不思，独在机中织？（春歌）

郁蒸仲暑月，长啸北湖边。
芙蓉始结叶，花艳未成莲。（夏歌）

秋风入窗里，罗帐起飘扬。
仰头看明月，寄情千里光。（秋歌）

渊冰厚三尺，素雪覆千里。
我心如松柏，君心复何似。（冬歌）

《子夜四时歌》又称《吴声四时歌》或《子夜吴歌》，相传晋时一位名叫子夜的女子创制，现存诗七十五首，其中春歌二十首、夏歌二十首、秋歌十八首、冬歌十七首，为宋代郭茂倩编的《乐府诗集》收录，属《清商曲辞》中的《吴声歌曲》。这组节选诗中的主人公是一位年轻的"织女"，她以巧手和素心将自己对家乡和大自然的热爱、对心上人的思念，编织进四时美景之中，唱出金陵诗史上第一首优美动人的"四季歌"。诗中所咏的"北林"、"北湖"，即在今天的紫金山麓和玄武湖一带。

郁蒸：闷热。长啸：撮口发出悠长清越的声音，古人常以此述志。曹植《美女篇》："顾盼遗光采，长啸气若兰。"渊冰：语出《诗·小雅·小旻》："战战兢兢，如临深渊，如履薄冰。"后以"渊冰"喻危险境地。此处指水深。

青溪小姑曲

其一

开门白水，侧近桥梁。
小姑所居，独处无郎。

其二

日暮风吹，叶落依枝。
丹心寸意，愁君未知。

此作属《清商曲辞》中的《神弦歌》，江南民间祭礼鬼神所唱。其源可追溯到先秦时期的"楚声"，因所祭神灵并非天地大神，而是地区性小神，男女都有，姿态美丽，向往人间幸福，故不同于传统乐府中庄严典雅的祭歌，近乎《楚辞·九歌》的人情味与浪漫色彩。

青溪小姑，是东汉秣陵尉蒋子文的三妹。蒋子文逐盗钟山伤额而亡，传说他死后仍骑白马巡山，吴时就有蒋王庙祭祀，今存地名，钟山也称"蒋山"。其三妹早夭，亦被配祀为神，立祠于源出钟山流入秦淮的青溪，是为青溪小姑庙。梁代吴均《续齐谐记》记录会稽人赵文韶月夜过青溪中桥（今四象桥附近）吟思乡曲而引来一妙龄女子与之幽会，将旦别去，次日至青溪庙见神案上有自己所赠之物，方晓昨夜所会乃青溪女神。这则传奇，有助于我们理解这首"神曲"，诗中所唱"小姑所居，独处无郎"也是成语"小姑独处"的由来。

白水：青溪，发源于钟山，汇合于前湖，南流入城后，北接潮沟，南入秦淮河。开凿于孙吴赤乌四年（241年），原名"东渠"。桥梁：青溪中桥。七桥（东门桥、尹桥、鸡鸣桥、募土桥、把首桥、青溪中桥、青溪大桥）九曲，是金陵四十八景之一。寸意：微薄的心意。

懊侬歌

江陵去扬州，三千三百里。
已行一千三，还有二千在。

万里江水，滋养着神州大地，也哺育着诗歌文化。南朝乐府中有不少以长江行旅为题材，抒发乡思远情、舟楫劳顾，视野开阔的民歌。《懊侬歌》亦名"懊恼歌"，原是吴声歌曲中表达恋情中烦恼与苦闷之作，今存十四首，此为其中之一。全诗平白如话，又语含讥诮，像一个急着回家的旅客与行船人之间的对话。旅客从江陵（今湖北荆州）上船去"扬州"（今南京），两地相距三千三百里。船行途中，他问船主"还有多远？"船主轻描淡写地说："已行一千三，还有二千在。"漫不经心的语气，是因为行船繁忙，分了他的神？还是他有意同旅客"逗趣"？让人联想到此刻旅客脸上的表情和内心的感受，一定是哭笑不得，又"恼"又"懊"，就像诗题给读者的暗示一样。而诗的全文"只是里程的计算，既不写情，也不写景，而旅客的情绪却自然地表现出来，语言的朴素，无以复加"，著名学者余冠英称赞"这是古今行旅诗中的罕见之例"。

扬州：古九州之一。当时扬州范围相当于淮河以南的长江地区。六朝时治所在南京。

西洲曲

忆梅下西洲，折梅寄江北。
单衫杏子红，双鬓鸦雏色。
西洲在何处？两桨桥头渡。

日暮伯劳飞，风吹乌桕树。
树下即门前，门中露翠钿。
开门郎不至，出门采红莲。
采莲南塘秋，莲花过人头。
低头弄莲子，莲子清如水。

置莲怀袖中，莲心彻底红。
忆郎郎不至，仰首望飞鸿。
鸿飞满西洲，望郎上青楼。
楼高望不见，尽日栏杆头。

栏杆十二曲，垂手明如玉。
卷帘天自高，海水摇空绿。
海水梦悠悠，君愁我亦愁。
南风知我意，吹梦到西洲。

　　《西洲曲》最早见于梁代徐陵所编古诗总集《玉台新咏》，是南朝乐府民歌中最长的抒情诗章，历来被视为南朝乐府爱情诗的代表作，"标志着南朝民歌在艺术发展上的最高成就"（游国恩编《中国文学史》）。主人公是一个恋爱中的女子，全诗以第一人称，自述她从初春到深秋，从现实到梦境，对心上人的苦恋，洋溢着浓郁的生活气息，流露出细腻缠绵的江南情调。全诗三十二句，四句一节，用蝉联而下的接字法，顶针勾连出"折梅"、"采莲"、"望飞鸿"等一幅幅痴情辗转、象征性强、语意双关的生动画面；最后一节将目光投寄在"卷帘天自高，海水摇空绿"的寥廓深远中，"海水"是江水的泛指，也可作"水天无际"解。主人公渴望并相信她和心上人的爱"天长地久"，因此才唱出"海水梦悠悠，君愁我亦愁；南风知我意，吹梦到西洲"这两地相思，坚定不移，充满了想象力和浪漫情怀的千秋名句。

　　关于诗的作者，历来有不同说法。《玉台新咏》传为文学家江淹所作，也有说梁武帝作。多数论者称地道的民歌或经文人之手加工修饰。至于

"西洲"在何处，众家说法不一，本书编选者认为，诗中开篇即有回答，从民歌自然发生和文本所提供的水乡特色与南朝风情来看，将此"言情之绝唱"归入六朝古都和江南文化中心地南京的历代诗词经典名篇范畴，也是言之成理的。

伯劳：鸟名。民歌中常用此鸟与燕子的分飞来比喻情人间的分离。乌柏（jiù）：色叶树种，春秋季叶色红艳夺目，不下丹枫，为中国特有。翠钿：用翠玉制成的首饰。

郭璞（276—324）

　　东晋文学家、道学术数大师和游仙诗的祖师。字景纯，河东闻喜县（今属山西）人。西晋末年战乱将起，郭璞躲避江南，历任宣城、丹阳参军。晋元帝时期，授著作佐郎，迁尚书郎，又任将军王敦的记室参军，因力阻驻守荆州的王敦谋逆，被杀，时年49岁，朝廷追赐"弘农太守"并在玄武湖边为他建衣冠冢，名"郭公墩"。郭璞诗文俱佳，曾为《尔雅》《方言》《山海经》等作注，明人有辑本《郭弘农集》。

游仙诗

翡翠戏兰苕，容色更相鲜。
绿萝结高林，蒙笼盖一山。
中有冥寂士，静啸抚清弦。
放情陵霄外，嚼蕊挹飞泉。
赤松临上游，驾鸿乘紫烟。
左挹浮丘袖，右拍洪崖肩。
借问蜉蝣辈，宁知龟鹤年。

　　郭璞的《游仙诗》今存十四首，这是其中之三。这首诗通过描写隐士栖息山林，与仙人为伍，表达了对"蜉蝣之辈"的厌弃和对清静自在生活的向往。

　　开篇四句写景：翡翠鸟在兰花茎条上嬉戏，珍禽与芳草交相辉映；绿萝的藤蔓攀连着乔木，整座山冈都蒙上了青翠。接下去的四句，由景及人："冥寂士"指遁迹山林的高士，他们心境淡泊，超尘脱俗，在万籁俱寂中或放声长啸，或抚琴操曲，心游天外，思接千载，饥而采食花蕊，渴而酌饮飞泉，逍遥自在。再接下去，直写"游仙"之事：赤松子是神农时的雨师，能入火自焚，随风雨而上下；浮丘公是传说中的仙道，曾接王子乔上嵩高山学仙；洪崖先生姓张，在尧时他已有三千岁。山林高士们与众仙为伍，乘云驾鸿，出入仙乡，牵袖拍肩，神游四海，紧扣"游仙"二字，进一步开拓了全诗的意境。

最后，以"借问"两句收尾，从漫游仙界又回到人间，慨叹那些如蜉蝣一般朝生暮死之辈，不可能明白龟鹤之寿的天长地久。作者借此批判目光短浅、趋名逐利的小人，赞扬遁迹山林、忘情人世而延年益寿的隐者。这种离群索居、高蹈出世的生活态度，表达了郭璞作为"亮节之士"（刘熙载在《艺概》中的赞语）对社会动荡和黑暗现实的不满，远身避祸、愤世嫉俗的情绪，也与当时"理过其辞，淡乎寡味"的玄言诗完全不同，郭璞笔下的神仙世界文采富丽，引人入胜。《诗品》称其"始变永嘉平淡之体，故称中兴第一"，《文心雕龙》也说"景纯仙篇，挺拔而俊矣"。很早就有论者将郭璞的《游仙诗》与屈原的《远游》相提并论，彰显其对后世诗歌的深远影响，稍后的谢灵运、谢朓及唐代的李、杜都曾从《游仙诗》的神形兼备上吸取过营养。因此，它堪称是六朝诗歌史上经典的有开创意义的代表性作品。

兰苕（tiáo）：苕，本义为草，这里指兰花的枝条。挹（yì）：牵引。宁知：岂知，哪知。

王献之（344—386）

东晋书法家、诗人、画家。字子敬，祖籍琅玡临沂（今山东临沂），生于会稽（今浙江绍兴）。书圣王羲之第七子，少有盛名，工草隶，善书画，世称"小王"，与其父并称"二王"。有文集十卷。

桃叶辞

桃叶复桃叶，渡江不用楫。
但渡无所苦，我自迎接汝。

桃叶复桃叶，桃树连桃根。
相怜两乐事，独使我殷勤。

桃叶映红花，无风自婀娜。
春花映何限，感郎独采我。

桃叶渡，在今南京城南秦淮河与青溪合流的淮青桥附近，因为东晋时王献之在这里迎接爱妾桃叶并为她作了千古流传的爱情诗《桃叶辞》而得名，亦名《桃叶歌》。

全诗三小节，每节都以咏叹"桃叶"开始，既写景又写人，是民歌常用的比兴手法。第一节交代"渡口迎汝"的本事，第二节透露"独使我殷勤"的内因（"相怜"之"怜"，与爱同义），都是男主人公的口吻。第三节写"感郎独采我"，应是女主角的表白了（"郎"指男方），这种身份转换或谓抒情角度的不同，也是民歌灵活、生动、自由的体现。因诗中称"渡江"而不说"渡河"，故此诗历来有另一种解释：桃叶渡在今南京江北浦口东门的桃叶山下，也称"晋王渡"。为之佐证，有些版本的《桃叶辞》又添了一节："桃叶复桃叶，渡江不待橹。风波了无常，没命江南渡。"实际上，古诗词中江、河二字相通，不必过于拘泥。

古桃叶渡，是金陵四十八景之一。春天的秦淮河两岸桃花盛开、落英缤纷时，河水里也飘着花瓣与叶子，的确能引动人们的"绮思"。《玉台新咏》收《桃叶辞》同时还选了桃叶的《答王团扇歌》，歌曰："七宝画团扇，粲烂明月光，与郎却暄暑，相忆莫相忘"；"青青林中竹，可作白团扇，动摇郎玉手，因风托方便"；"团扇复团扇，持许自障面，憔悴无复理，羞与郎相见"。可谓"才女版"的《桃叶辞》。

谢灵运（385—433）

南朝宋诗人，古代山水诗派的开创者。祖籍陈郡阳夏（今河南阳夏），世居会稽（今浙江绍兴）。东晋名将谢玄之孙，晋时封爵康乐公，故又称谢康乐。入宋，曾任永嘉太守等职，在帝室与世族斗争中失势，遂不问政事，纵情山水之间，后以谋反罪被杀。明人辑有《谢康乐集》。

邻里相送至方山

祗役出皇邑，相期憩瓯越。

解缆及流潮，怀旧不能发。

析析就衰林，皎皎明秋月。

含情易为盈，遇物难可歇。

积痾谢生虑，寡欲罕所阙。

资此永幽栖，岂伊年岁别。

各勉日新志，音尘慰寂蔑。

方山，又名天印山，在今南京市南的江宁区，是兀立江南原野的一座平顶山，风光旖旎、古迹众多的火山遗址，传说秦始皇凿山通淮（秦淮河）泄王气的故事就发生在这里。方山下的津口（船埠）扼出入南京城南方向的水路要冲。古人相送，关系近、感情好的会一直送到方山，因为距城四十里，大多还要住一晚才依依惜别。迎来送往，客货中转，方山便热闹起来，成为一方名胜。

《邻里相送至方山》是谢灵运于永初三年（422 年）七月出任永嘉太守（治所在今浙江温州），与送行至方山的乡亲们告别所写的抒怀诗。不长的篇幅中，既表达了作者官场失意的郁闷心情，也有对自然场景与离情别意的生动描绘，留下了有关方山津和江宁山水的记录，以及山水诗鼻祖同南京地方文化史关系密切的宝贵资料。

开头两句说，自己奉命行役，离开京城去古瓯越之地"逍遥"了。"憩"本意休息、止宿，用于为官、公务，显然带有受排挤、被远迁的腹诽。三、四句写惜别：想趁着涨潮时启程却依依不舍，"怀旧"有对送行者的牵挂，也有对皇邑的恋栈。五、六句"析析就衰林，皎皎明秋月"是全诗中明确写景的一联，多数评家认为是实写，但有论者（吴小如）根据谢灵运行期在当年七月，"秋月"将至而林木未"衰"，断定"析析"风声之所致的"衰林"应是作者内心的写照，并非"外景"。第七、八两句也因此解释为"含情"是说"月"、"遇物"指"风"：前句以月之"易为盈"对比自己心中的不满，后句是说人亦如树，树欲静而风不止，朝命难违，身不由己。最后六句，是全诗情感的总汇、题旨的进一步生发："积疴"两句说自己多病，对余生考虑无多，欲望少了，也就无所谓缺憾。"资此"两句又回到前面的牢骚上，将"憩瓯越"说成"永幽栖"，做长期遁世、不再回头的打算了——但结尾的"各勉日新志，音尘慰寂蔑"，又寄希望于同亲友们共勉，常通音讯，慰我寂寞。作者的真实感情是不想离开都城，但又不得不说旷达与清高的话，只有谢灵运这样的人生遭际与出众诗才，才能写出如此复杂又矛盾的心境。

祗（zhī）：恭敬。皇邑：京城，指建康。瓯（ōu）越：永嘉地域有瓯江，古越族所居。析析：风吹树木声。疴（kē）：重病。阙：缺。资：借。伊：惟。寂蔑：同"寂灭"，也是沉寂、孤独之意。

鲍照（414—466）

南朝宋诗人，与颜延之、谢灵运合称"元嘉三大家"。字明远，祖籍东海（治所在今山东郯城西南）。初为临川国侍郎，迁秣陵县令，官至中书舍人。后临海王萧子顼为荆州刺史时为前军参军，子顼失败后，照为乱军所杀。鲍诗气骨雄健，词采华茂，发展了七言诗的创作，对唐人有较大影响。有《鲍参军集》。

还都至三山望石头城

泉源安首流，川末澄远波。

晨光被水族，晓气歇林阿。

两江皎平迥，三山郁骈罗。

南帆望越峤，北榜指齐河。

关扃绕天邑，襟带抱尊华。

长城非壑险，峻阻似荆芽。

攒楼贯白日，摛堞隐丹霞。

征夫喜观国，游子迟见家。

流连入京引，踯躅望乡歌。

弥前叹景促，逾近倦路多。

偕萃犹如兹，宏易将谓何？

鲍照少年时在京口（今江苏镇江），后做秣陵县令等官，长住建康，对都城并不陌生。大明六年（462年）他为荆州（今湖北江陵）临海王刘子顼幕下前行参军，以特使身份入京观光，朝觐皇帝。这首诗写他从荆州出发，行至三山渡口，下船登岸后，从三山矶上远眺雄伟的石头城，引发"观国见家"的强烈感受，诗中也留下了被诗圣杜甫称为"俊逸鲍参军"的诗人自己的形象。

从"泉源安首流"的长江上游，来到"川末澄远波"的长江下游，诗人以流过金陵城西的壮阔江景开篇：晨光笼罩水族遨游的江面，雾气屯聚山曲朦胧的江树；江水被沙洲分成两匹银缎，苍郁的三山并列突峙于江岸；南来北往的帆樯，联系着吴越和齐鲁。接着，将目光投向"都邑诗"的主体"天邑"（金陵）和它的"关扃"石头城。石头城的历史可追溯到战国时期，公元前333年楚威王在此筑城称"金陵邑"。建安十六年（211年）孙权将东吴政权迁至秣陵（今南京），第二年在石头山（今清凉山）金陵邑原址筑城，"石头城"因山而得名，固似坚甲并设有烽火台等军事设施。自从诸葛亮说出"钟山龙蟠，石城虎踞，此帝王之宅"之后，它更为名声大噪，甚至成了南京城的别称。

在鲍参军眼里，石头城是要塞中的要塞。"关扃"以下四句，极言石头城的奇险、峻峭，它联袂周边的天然屏障与城防工事，头角峥嵘之势如同荆条上的尖刺，锐不可当。与之相比"长城"也算不上壑深崖高。"攒楼"、"摘堞"两句，则从城楼之高、城堞之长，赞叹石头城的托日映霞之美。这一切，让从军的诗人看到它所象征和代表的国之强盛而喜悦。而作为归来游子，也因为回到家门口更有一种迫切的心情——"征夫喜观国，游子迟见家"。一个"迟"字比"急"字更有表现力，这个充满人情味和画面感的联句，如同"特写镜头"将诗人的身影定格在这首"金陵颂"里。"流连入京引，踯躅望乡歌"：引，曲之前奏，"入京引"与"望乡歌"对应。流连、踯躅，是诗人的神态与行状，更强化了"观国思乡"的丰富内涵，构成了这篇"都邑诗"的"诗眼"，让我们看到了"金陵帝王州"的无穷魅力，感受到了诗人对家国的一往情深。

最后四句，是诗人复杂心境的流露。他慨叹还都之劳，又忧虑前路多艰："偕萃"而行尚且如此，如果孤身一人走入寥廓苍茫，又会怎样呢？在"观国见喜"的乐观主调中，复奏出带有失意与伤感的余韵和弦外之音。"低调"的尾声，既是这篇"入京引"和"思乡曲"深沉题旨的组成部分，似乎也为诗人日后的悲剧命运，埋下了一个不幸的伏笔。

关扃（jiōng）：扃，门闩。关扃，关隘、要塞，指石头城。襟带：如襟似带，比喻险要的地理形势，此处指南京四周的山水、城防。尊华：此处指京城。偕萃：萃卦，是《周易》六十四卦之一，亨通、吉利，此处意为有利于出行。另一解为"车仆"而从。

沈约（441—513）

南朝史学家、文学家，字休文，吴兴武康（今浙江湖州德清）人。历仕宋、齐、梁三朝，有《宋书》传世。与谢朓共创永明体，撰《四声谱》，倡声病之说，是汉语声律奠基人之一，对近体诗发展做出贡献。明人辑有《沈隐侯集》。

宿东园

陈王斗鸡道，安仁采樵路。

东郊岂异昔，聊可闲余步。

野径既盘纡，荒阡亦交互。

槿篱疏复密，荆扉新且故。

树顶鸣风飙，草根积霜露。

惊麏去不息，征鸟时相顾。

茅栋啸愁鸱，平岗走寒兔。

夕阴带层阜，长烟引轻素。

飞光忽我道，宁止岁云暮。

若蒙西山药，颓龄倘能度。

沈约出身门阀士族，祖上显贵，因其父沈璞（宋淮南太守）于元嘉末年被诛，少时孤贫流离，笃志好学，终成一代鸿儒。他为官三朝，曾助萧衍帝业，晚年与之产生嫌隙，郁抑而死。此诗系其暮年所作，钟嵘在《诗品》中以"五言最优"、"长于清怨"评价沈约诗歌，《宿东园》应属此类。

开篇典出曹植《名都篇》和潘安《东郊诗》，意谓"东园"位于金陵东郊，与昔时魏晋的洛阳东郊一样地处偏僻、萧瑟，主人聊以散步打发闲愁。"野径"与"荒阡"句更进一步点明这条也是他人生与行吟之路的曲折与歧岔，语含深意。接下来，展开景物描绘：从门前到屋后，从植物到动物，细微如"树顶鸣风飚，草根积霜露"，生动如"惊麏去不息，征鸟时相顾"。

连茅屋上猫头鹰叫、冬日坡岗野兔奔走，都一一着墨，竭力营造一种凄凉、悲愁，甚至惊恐不安的氛围。最后四句是夫子自道，长叹光阴易逝，郁积难解，盼望求仙之药，能让"颓龄"者延长余生。

值得一提的是，沈约早年的名文《郊居赋》同样写其所居的东园，体裁与时期不同，环境与心境迥异。《梁书·沈约传》提到他"虽时遇隆重而居处俭素，立宅东田，瞩望郊皋"，死后被梁武帝赐谥号"隐侯"，称其"怀情不尽"。这些都有助我们理解这位南朝名臣、学者诗人的身世遭遇、历史地位和复杂敏感的内心世界。风景殊异的金陵东郊，留下了他的生平行止与最后的"一声叹息"。

惊麇（jūn）：受惊的獐子。愁鸱（chī）：悲鸣的猫头鹰。

谢朓（464—499）

南朝齐诗人，字玄晖，陈郡阳夏（今河南太康）人，与谢灵运同族，时称小谢。曾任宣城太守，故称谢宣城。齐东昏侯永元元年，遭始安王萧遥光诬陷下狱死。其诗风清逸秀丽，完全摆脱了玄言诗的影响，为永明体代表性作家，有《谢宣城集》。

入朝曲

江南佳丽地，金陵帝王州。

逶迤带绿水，迢递起朱楼。

飞甍夹驰道，垂杨荫御沟。

凝笳翼高盖，叠鼓送华辀。

献纳云台表，功名良可收。

永明八年（490年），27岁的青年诗人谢朓，应荆州刺史萧子龙请作《鼓吹曲》十首，《入朝曲》为其中之一。全篇以高昂的格调和饱满的热情，赞美已做了四朝（东吴、东晋、刘宋、萧齐）都城建康的非凡气象，描绘藩王进京的煊赫场面，如同一曲响遏行云的铜管乐，将"江南佳丽地，金陵帝王州"这个饱含着美好意蕴与景仰之情的联句，谱写进泱泱华夏民族记忆的长天，给历史文化名城南京留下了流传千载的礼赞，并成为她脍炙人口、深入人心的"诗歌名片"。

"江南"句总揽建康的地理形势，"金陵"句概括其历史变迁，如同高屋建瓴、重槌定音，开篇即点明《入朝曲》的创作背景与鲜明主旨。继而，伴随着朝觐者视角的推进与转移，叠映和交织出不同的场景。先由远及近：从水路入城，写绿水、朱楼，到飞甍、驰道、垂杨、御沟。再由静到动：凝笳（笳声徐引）、叠鼓（轻鼓小击），车盖摩云，华辀行进……有声有色，庄严隆重，将静景写活，为动景添彩。抒写出京城开阔博大中的雅致，繁华富丽中的神韵。最后两句，以入朝者登台献表、立功受赏的场面收尾，既是对幕主晋京的祝贺，也反映了青年诗人积极进取的精神风貌。

《入朝曲》属乐府诗中的《鼓吹曲辞》，此类诗多为军中歌乐与宫廷宴乐，歌功颂德，鲜有佳品。谢朓的这首诗作虽借"颂藩德"之名，但着眼于帝都形象的刻画与历史场景的描绘，起点高，定位准，造境宏伟，语言清丽，节奏明快，早在当世就被选入《文选》卷二十八"乐府"中，十首《鼓吹曲》仅选此一篇，可见其卓越。

甍（méng）：屋脊之颠饰，多为华屋所用，此处代表皇宫。驰道：皇家专用车道。御沟：宫城之河。辀（zhōu）：车辕，这里指车。

晚登三山还望京邑

灞涘望长安，河阳视京县。
白日丽飞甍，参差皆可见。
余霞散成绮，澄江静如练。
喧鸟覆春洲，杂英满芳甸。
去矣方滞淫，怀哉罢欢宴。
佳期怅何许，泪下如流霰。
有情知望乡，谁能鬒不变。

永明九年（491年）春，谢朓溯江西行，从建康去江陵，傍晚经过三山矶，诗人登矶回望京城，写下这首感怀诗。与一年前因"公干"而写乐府诗《入朝曲》相比，这首"离京曲"纯属"个人创作"，身份与动机不同，选材和体裁有别，让诗的旨趣、情境与语境都有了改变。

开头两句化用王粲"南登灞陵岸，回首望长安"和潘岳《河阳县作》"引领望京室"，借典起兴、以古喻今，是南朝文人诗常用手法。接下去写在三山矶上远眺京城，第一眼印象仍有《入朝曲》的飞甍丽影，因为那是帝都最明显、华贵的特征。再者便是城外江天和矶下江水了："余霞散成绮，澄江静如练。"落日的霞光，散落成美丽的罗绮；澄澈的江水，静静流淌如闪光的银练。这个写大江夕照的联句，为两百多年后的唐代大诗人李白所激赏，"一生低首谢宣城"（王世贞论李白诗句）的诗仙在自己所写的《金陵城西楼月下吟》中直接引用谢诗并深情怀念："解道澄江静如练，令人长忆谢玄晖。"这个诗歌史上罕见的范例，让只活了 36 岁的天才诗人笔下的大江诗行，成为流传千古的绝唱——金陵城外日落月升的江天美景，也见证了这个同样美丽的文坛佳话。

接下去的两句写江洲的春景，京郊的春色更增添了诗人对都城和故土的不舍。"去矣"以下四句，是担心自己将长久羁留边地，不能再有往日的欢聚；一想到归期无望，难免要伤心落泪，甚至白了少年头！谢朓写此诗时才 28 岁，命运给他人生安排的"结句"比"白头"严酷得多。这首写在他创作成熟期的"望乡歌"，是这位永明体的代表作家、史称"竟陵八友"之一的南朝诗人，留赠给六朝古都的又一首杰作，堪与《入朝曲》合为双璧。

罗绮（qǐ）：有花纹的丝织品。霰（xiàn）：小冰粒，多在下雪前或下雪时出现，又称雪丸或软雹。鬒（zhěn）：须发黑密。

萧衍（464—549）

即梁武帝，字叔达，南兰陵（今江苏丹阳）人。善文学、音乐、书法。晚年好佛，大建寺院，三次舍身同泰寺。在位长达四十八年，在南朝皇帝中列第一，因"侯景之乱"被困饿台城而卒。明人辑《梁武帝御制集》。

河中之水歌

河中之水向东流，洛阳女儿名莫愁。
莫愁十三能织绮，十四采桑南陌头。
十五嫁为卢家妇，十六生儿字阿侯。
卢家兰室桂为梁，中有郁金苏合香。
头上金钗十二行，足下丝履五文章。
珊瑚挂镜烂生光，平头奴子擎履箱。
人生富贵何所望，恨不早嫁东家王。

被收入《乐府诗集·杂歌谣辞》，题为梁武帝作，在《玉台新咏》等集中均为无名氏古辞。这首乐府诗的女主人公莫愁，曾在许多民歌中出现，如同汉乐府中的罗敷一样，可视为南朝乐府中美女的通称。正因为她名气很大，民歌又广泛流传，这首"帝王级"的乐府诗为萧衍所赏识和钦定也是完全有可能的。诗中较早地反映古代南京的社会风情，塑造了"莫愁女"这个活脱脱的美丽率真的经典形象。她出身平民百姓，从小心灵手巧，勤劳纯朴，惹人喜爱，早早嫁给了豪门卢家，住的房子、穿的衣服都很华丽，心中却另有所想："人生富贵何所望，恨不早嫁东家王"——她爱的是东边邻居家的那个姓王的小伙子。

关于"洛阳女儿"莫愁的籍贯，历来有不同说法，有说在湖北，有说在洛阳，也有说金陵城郊有洛阳村。其实专家早有考证，自中原文化"衣冠南下"后，南朝诗人多喜将建业比作"京洛"、"宛洛"，亦有用"洛阳"代指建康的习惯，因此说大名鼎鼎的"莫愁女"，就是土生土长的"南京姑娘"同样是"言之有据"的。为这位今天还亭亭玉立在莫愁湖边、郁金堂下的"金陵女儿"(至少是南京媳妇)解决"户籍"问题,虽无"现实意义",但从探讨诗史渊源、走出认识"误区"出发,还是很有必要的,也算是一项"落实政策"吧。

　　郁金、苏合香:两种香料。五文章:此处说丝绸鞋上绣有美丽的花纹。平头奴子:指卢家的奴仆。何所望:还有什么不满呢?"望"读平声,有怨恨之意。

萧统（501—531）

梁代文学家，字德施，小字维摩，萧衍长子，天监元年被立为太子，然英年早逝，溺水而亡，谥号"昭明"，故后世称"昭明太子"，主持编撰的《文选》（又称《昭明文选》）。萧统酷爱读书，博学多才，爱民重文，深孚众望，有关他的纪念地甚多，其诗文轶事也广为传布，《文选》对后世的影响极大。

咏同心莲

江南采莲处，照灼本足观。
况等连枝树，俱耀紫茎端。
同踰并根草，双异独鸣鸾。
以兹代萱草，心使愁人欢。

"江南可采莲，莲叶何田田。鱼戏莲叶间，鱼戏莲叶东，鱼戏莲叶西，鱼戏莲叶南，鱼戏莲叶北。"有首题为《江南》的汉乐府诗，是最早的咏莲诗，质朴而铺张，天籁般地咏唱了莲花这朵盛开在江南鱼米之乡的大自然奇葩。梁武帝所作的《夏歌》也颇有特色："江南莲花开，红花覆碧水。色同心复同，藕异心无异"。"莲"与"荷"同义，但因"莲"与"怜"、"恋"谐音，故更为骚人墨客所喜用。

光彩照人的出水芙蓉，本来就美不胜收，何况"连枝树"一样的同心莲呢！萧统的这首《同心莲》由此起兴，将"色同心复同"的一对红莲，描绘得栩栩如生，惹人喜爱。结句中，诗人将它比作自古以来被视为因爱而"忘忧"的萱草：萱草，俗称黄花菜，亦名忘忧草，开花色彩鲜艳，既是佳卉，也是良蔬，有"母亲花"之美誉，再忧愁的人见到它也会展开笑颜。在古今名胜云集的南京玄武湖公园，有一处叫"玄圃"（相传昭明太子居处）的风景点，萧统雕像前的石刻上，就铭镌着这首咏莲诗。古时玄武湖水面比今天大很多，风浪也不小，传说萧统乘舟溺亡的不幸事故就发生在这里。爱莲的诗人魂归于水，当是"天意"。

阴铿（约 511—563）

南朝梁陈诗人，字子坚，武威姑臧（今甘肃武威）人。先仕梁，入陈，官至晋陵太守、员外散骑常侍。其五言诗清新流利，以描写山水见长，艺术风格同何逊相似，后人并称为"阴何"。

晚出新亭

大江一浩荡，离悲足几重。

潮落犹如盖，云昏不作峰。

远戍唯闻鼓，寒山但见松。

九十方称半，归途讵有踪？

大江浩荡东流，本已司空见惯，但诗人笔下仅多了个"一"字，"离悲"之诗境便豁然冲决，气势非凡，形成了一股震撼人心的力量。从字面上看全赖作者炼字炼句的功夫，其实还跟诗的题目有关。新亭，古地名，原址在今南京市西南，依山临江，风景秀丽。《世说新语》记载：东晋时每至佳日，过江诸公相邀新亭饮宴。周侯中坐而叹曰"风景不殊，正自有山河之异！"众皆相视流泪，唯王丞相愀然变色曰"当共戮力王室，克复神州，何至作楚囚相对！"这便是成语"新亭对泣"的本事，也是"离悲足几重"所内含的乡愁与家国之思的由来。

五言八句紧扣题旨，每一联都有令人过目难忘的意象："潮落""云昏"抑或"戍鼓""寒松"，皆情深质重，巧思迭出，且音节和谐，韵味无穷。结句"九十方称半，归途讵有踪？"更将诗人对前路渺茫、归期莫测的满腹担忧，排遣和交织在大笔渲染、精心细描的江天图画里。用杜甫称赞阴铿、何逊两位前辈诗人的话来说，真可谓"颇学阴何苦用心"——没有"苦用心"的高超手段，哪能成为"诗圣"眼中的师表呢？有评家说阴铿的五言诗从诗体结构上来看，已离唐人五律很近了，标志着梁陈时期古诗体走向格律化已成为诗歌艺术发展的历史必然。

庾信（513—581）

南北朝文学家，字子山，小字兰成，南阳新野（今河南新野）人。父庾肩吾为梁中书令，亦系文学家，自幼随父出入宫廷，后任东宫学士，与徐陵同为宫体文学代表，其文风被称为"徐庾体"。梁元帝时出使西魏，值魏灭梁，被留，历仕西魏、北周，官至骠骑大将军、开府仪同三司，世称"庾开府"。庾信是由南入北的最著名的诗人，他饱尝分治时代的人生辛酸，却结出"穷南北之胜"的文学硕果。他后期的文学成就，昭示南北文风融合的前景。有《庾子山集》传世，明人辑有《庾开府集》。

寄王琳

玉关道路远，金陵信使疏。
独下千行泪，开君万里书。

王琳是梁代名将，侯景之乱中击破叛将宋子仙，立下头等战功。陈霸先废梁建陈之后，王琳拥立萧庄为帝，在北齐支持下起兵抗陈，北齐加封他为骠骑大将军、扬州刺史，封会稽郡公。陈将吴明彻来攻，北齐命尉破胡迎击，王琳为参谋，尉破胡因不同意王琳战术，导致大败。北齐遂命王琳在寿阳征兵，吴明彻包围寿阳，淮西的齐军袖手旁观，围城陷落后，王琳被陈军所杀。

从以上史实看，王琳这位忠于梁朝的大将军，梁亡后因抗陈而仕齐，同被羁留在北方的庾信应有交集。小庾信十五岁、比庾信早死八年的王琳，何时给身在北朝、心思南方的大文学家写信，从"金陵信使疏"句中，可以推断王琳的信是从梁都建康发出的，那时天翻地覆的改朝换代可能已经发生或将要发生。身在长安（今西安）的庾信以"玉关（玉门关）道路远"（借班超率军赴西域，年老思乡，上疏"但愿生入玉门关"之典）来表示自己远离故国、怀念金陵，"独下千行泪，开君万里书"更是不言自明地道出了自己心中的无限离愁，思乡情、家国梦，抑或是感慨于故人的忠烈之情，羞惭于自己的苟全，尽在这潸然而下的"千行泪"中了。

江总（519—594）

　　南朝文学家，字总持，祖籍济阳考城（今河南兰考）人，后侨居南徐州。曾仕梁陈隋三朝，主要活动在陈。陈后主时，官至尚书令，故称"江令"。因不持政务，专侍后主游乐写艳词，世有"狎客"、"亡国宰相"之讥。入隋，官拜上开府。明人辑有《江令君集》。

南还寻草市宅

红颜辞巩洛，白首入辗辕。

乘春行故里，徐步采芳荪。

径毁悲求仲，林残忆巨源。

见桐犹识井，看柳尚知门。

花落空难遍，莺啼静易喧。

无人访语默，何处叙寒温。

百年独如此，伤心岂复论？

　　江总是南朝宫体艳诗的代表人物，随着国家兴亡和个人际遇的变化，其笔下渐渐洗去浮艳之色，时有悲凉之音。《南还寻草市宅》是他晚年仕隋后重返建康，目睹饱受战乱之苦的六朝都城，昔日繁华销尽，空留衰草荒烟，年过古稀的前朝老臣写下了这曲怀旧伤今的咏叹调。

　　作者祖籍河南，以洛阳古都及周边地名代称金陵，是南朝诗人的习惯。"径毁"、"林残"句涉及用典抒怀，感慨物是人非。求仲，人名，汉时蒋诩在舍下开三径，唯求仲和羊仲与之共游。接下来的"见桐识井"、"看柳知门"以及"花落"、"莺啼"句，全是实写所见所闻，意象生动，悲情四溢！

　　"金陵怀古"这个中国诗歌史上最富有古都人文气息与经典特色以及深刻美学意涵的抒情主题，雄起于中国和世界文学的舞台，并将震烁古今、绵延千载。从这个意义上来说，江令之诗作为"先声"之一，起到了为后辈同行提供创作经验的借鉴，也是功不可没的。

唐五代时期

王勃（650—676）

唐代诗人，字子安，绛州龙门（今山西河津）人。自幼被赞为神童，十六岁时应科及第，授朝散郎。因戏作《檄英王鸡文》遭贬被逐，后补任虢州参军又因罪革职。27岁时，自交趾探望父亲返回，不幸渡海溺水而亡。文学成就以骈文影响最大，代表作为《滕王阁序》。与杨炯、卢照邻、骆宾王并称"初唐四杰"，列四杰之首。

白下驿饯唐少府

下驿穷交日，昌亭食旅年。
相知何用早，怀抱即依然。
浦楼低晚照，乡路隔风烟。
去去如何道，长安在日边。

白下驿，在江宁县（今南京市）白下门外，是古时送客的地方，有考证说就在今大中桥附近。上元二年（675 年），26 岁的年轻诗人王勃自洛阳动身去交趾（今越南）探父，八月中水路至楚州（今淮安），沿运河入江后抵江宁（今南京）。他在这里结交了一位任县尉的唐姓友人，即诗题中的唐少府（少府是对县尉的敬称）。此诗是王勃与之饯别时所写。

因为诗人命途多舛，诗中首先写他和唐的患难之交。下驿，即白下驿；"昌亭"句借韩信为布衣时因家贫寄食于南昌亭长家的故事，称赞友人对自己的接待。"相知"、"怀抱"句平白如话，却情感真挚，意味深长。浦楼，水边之楼。因唐少府将赴长安，自己也将远行，如何说别离的话呢？"长安在日边"——晋明帝司马绍年幼时，有客从长安来，其父问："汝谓日与长安孰远？"对曰："日近。举目见日，不见长安。"王勃活用此典，既表达了对友人前程远大的祝福，也流露出自己被贬离京的失落与怅惘。

这首五言律诗自然亲切又工整洗练，让我们记住了南京古迹"白下驿"和王勃友人唐少府的名字，也记住了这位早夭的天才诗人在他生命最后旅程上留给六朝古都一曲情深谊长的"绝唱"。

王昌龄（698？—756）

唐代诗人，字少伯，河东晋阳（今山西太原）人，一说京兆长安（今西安）人。以边塞诗著称，被赞为"七绝圣手"，亦有"诗家夫子王江宁"之美誉。开元进士，官至江宁丞，仕途坎坷。安史乱发后，返回故里，因刺史闾丘晓嫉才而被杀。有《王昌龄集》传世。

送朱越

远别舟中蒋山暮，君行举首燕城路。
蓟门秋月隐黄云，期向金陵醉江树。

盛唐诗坛上大家云集，王昌龄系其中之一。他的边塞诗风格俊朗，刚健明快，与高适、岑参齐名。他为人豪爽好客，为送好友辛渐返回东京，从江宁（今南京）一路送到润州（今镇江）才与之分手，并写下了传诵千古的《芙蓉楼送辛渐》，让"芙蓉楼"从此不"倒"成为镇江的名胜。

《送朱越》也是送别诗。朱越其人，生平不详，他像辛渐一样因王昌龄的诗作而留名。他告别在"蒋山"（紫金山）下的江边暮色里，将远去"燕城"、"蓟门"：唐时属于幽燕之地，是拱卫大唐东北门户的军事重镇，也是在盛唐精神鼓舞下，许多有志者建功立业之所。从诗中用"举首"二字刻划行者的姿态来看，朱越此去多少有些相关，而送客者此时想到的却是"蓟门秋月隐黄云"：千里之外的边疆，荒凉落寞的景象——境界虽开阔苍茫，诗人的担心与危惧也寄寓其中，因此结句便落实到盼望友人早回金陵与之共"醉江树"。

此诗是"王江宁"晚年作品，他在江宁六七年时间，还写过一首五言长歌《留别岑参兄弟》。诗人的仕途并不顺遂，"名著一时，栖息一尉"，由江宁丞被谤谪龙标尉，最后连"尉"也没有保住，但他在致友人的诗中，虽然不再有早年边塞诗中的那股雄风和壮志，但对六朝古都、对好友和未来还是充满了深情与期待，不失"诗家夫子"的美誉。

李白（701—762）

唐代诗人，字太白，号青莲居士，又号"谪仙人"，被后人誉为"诗仙"，与杜甫并称为"李杜"。祖籍陇西成纪（今甘肃天水），生于中亚碎叶（唐时属安西都护府）。早年漫游，后入长安，供奉翰林，因受谗被迫离去。安史乱起，因参加李璘幕府，被流放夜郎，中途遇赦。晚年漂泊，卒于当涂（今属安徽）。其诗风雄浑豪放，想象奇瑰，是屈原以来中国历史上最富积极浪漫主义精神的伟大诗人。

登金陵凤凰台

凤凰台上凤凰游，凤去台空江自流。
吴宫花草埋幽径，晋代衣冠成古丘。
三山半落青天外，二水中分白鹭洲。
总为浮云能蔽日，长安不见使人愁。

李白多次来到金陵，唐代诗人中数他留下的金陵诗篇最多：凤凰台、白鹭洲、长干里、城西楼、瓦官阁、劳劳亭……都因为诗仙的吟咏而千秋留名。《登金陵凤凰台》这首李白笔下少见的七律，写于天宝年间因遭受权贵排挤离京南游之际，是大诗人踏上金陵胜地，访古抒怀的代表作，也是唐代律诗中广为人知、传诵率最高的佳作之一。

凤凰台，在今南京城之西南隅的花露岗（古称凤凰山），相传刘宋永嘉年间有凤凰翔集于此乃筑台。封建时代，凤凰是一种祥瑞，凤凰来游象征着王朝兴盛。唐朝是中国封建史上最辉煌的时期，但唐代的南京已降格为一个普通州县，历经战乱兵燹，六朝繁华和曾经风光无限的"凤凰台"，在李白眼中也只能是个美丽又凄凉的"传说"了。因此这首怀古诗以"凤凰台上凤凰游"破题后，立即转向"凤去台空江自流"这个现成又自然的"借景抒怀"的落脚点上，并分时空两路加以阐发："吴宫"、"晋代"句说的是"时"，"三山"、"二水"句说的是"空"，经纬分明地交织出一幅"建业"凋零、"白下"落寞，但"三山"犹在、"白鹭"尚存的

"金陵画图"——它迭映着诗人心中对六朝文化的孺慕与向往，激荡着他难以割舍的眷恋与感伤。最后的结句，隔着千年和万里的时空，诗人仍然在同"历史"对话，为"自己"表白，因为"浮云能蔽日"，因为"长安不见"——这才是他心中的"千千结"与"万古愁"。

吴宫：三国时吴国的宫苑。晋代衣冠：东晋时的达官贵人。也有解此句指郭璞死后在玄武湖建其衣冠冢（名郭璞墩）。三山：在南京城西长江南岸，三峰相连，亦称三山矶、护国山。二水：白鹭洲在长江中，将江水一分为二。后江流改变，白鹭洲与陆地连接。浮云：喻指当道的小人。

金陵城西楼月下吟

金陵夜寂凉风发，独上高楼望吴越。
白云映水摇空城，白露垂珠滴秋月。
月下沉吟久不归，古来相接眼中稀。
解道澄江静如练，令人长忆谢玄晖。

城西楼在金陵城西，即"孙楚楼"，因西晋诗人孙楚曾来此登高吟咏而得名，此楼依城临江，自古为观景胜地。李白在诗中先写"独上高楼望吴越"，以"夜寂凉风"和"白云"、"白露"，营造出一个云水相映、影摇空城，寒露凝珠、月色撩人的美妙诗境；再写"月下沉吟久不归"，以"古来相接眼中稀"这句极富"挑战意味"的个性表述，让"我本楚狂人，凤歌笑孔丘"的抒情主人公形象，跃然纸上——他看到和想到的并非"目空一切"，而是前辈诗人笔下令他心驰神往的名句："余霞散成绮，澄江静如练"——这是早李白两百多年的南朝诗人谢朓（字"玄晖"）对金陵城外日落长江美景的描绘，被李白摘引到自己的诗中来，并尊敬地记下先师的大名。连孔圣人和皇帝老倌都敢藐视的大诗人，为什么会"一生低首谢宣城"（王世贞论李白诗句）呢？最主要的原因，恐怕还是因为他对公元3世纪初至6世纪中叶在金陵历史上创造了第一个"文化高峰"的六朝，有着深刻的认识和由衷的景仰。此后，这种穿越时空的文化孺慕和基于不满或超越现实的对传统精神的召唤,让"金陵怀古"成为千载之下历代诗人们咏唱不绝的"文学专利"和"保留节目"。

李白还有一首五言歌行体的《玩月金陵城西孙楚酒楼,达曙歌吹,日晚乘醉》,与这首"月下吟"同出一地,却大异其趣:"昨玩西城月,青天垂玉钩。朝沽金陵酒,歌吹孙楚楼。忽忆绣衣人,乘船往石头。草裹乌纱巾,倒被紫绮裘。两岸拍手笑,疑是王子猷。酒客十数公,崩腾醉中流。谑浪棹海客,喧呼傲阳侯。半道逢吴姬,卷帘出挪揄。我忆君到此,不知狂与羞。一月一见君,三杯便回桡。舍舟共连袂,行上南渡桥。兴发歌绿水,秦客为之摇。鸡鸣复相招,清宴逸云霄。赠我数百字,字字凌风飙。系之衣裘上,相忆每长谣。"这首放浪形骸的"金陵醉酒歌",不仅记录了"谪仙人"宴游畅饮、呼朋唤友的豪兴,还留下了一个富有乡土特色和市井生活气息的金陵女子("吴姬")待客的热辣形象。

金陵歌送别范宣

石头巉岩如虎踞,凌波欲过沧江去。
钟山龙盘走势来,秀色横分历阳树。
四十余帝三百秋,功名事迹随东流。
白马小儿谁家子,泰清之岁来关囚。
金陵昔时何壮哉,席卷英雄天下来。
冠盖散为烟雾尽,金舆玉座成寒灰。
扣剑悲吟空咄嗟,梁陈白骨乱如麻。
天子龙沉景阳井,谁歌玉树后庭花。
此地伤心不能道,目下离离长春草。
送尔长江万里心,他年来访南山皓。

作者当年送别的范宣其人,今已不详,但大诗人放歌的金陵山川、地理形胜、六朝掌故、英雄业绩和转瞬成空的"扣剑悲吟"却栩栩如生。全诗充溢着一股壮阔、雄浑、深沉又苍凉的气势与神韵,如江水流转,似风云激荡，是首别具一格的送行诗和"金陵歌"。

全诗二十句，可分三个层次来解读。开篇四句，力状金陵形胜：从"石头"（今清凉山，即石头城所在）奇险，"凌波欲过沧江去"（沧江，指长江），到钟山"走势"，"秀色横分历阳树"（历阳，地名，今安徽和县，金陵与之隔江相望），以"虎跃龙腾"之姿，写活了"龙蟠虎踞"的典故，呈现金陵非凡的自然风貌与帝都气象，将南京人引以为傲的"山水城林"描绘得空前出色、先声夺人，是为第一层次。

中间十二句为第二层次，对六朝历史的追溯与反思。前两句概说："四十余帝三百秋，功名事迹随东流"，自孙权定都建业，历吴、东晋、宋、齐、梁、陈，各代君主计三十九人，六朝共三百七十七年，诗人取其约数，意指如此频繁的改朝换代，再大再多的"帝业"都逐了东流水。三、四句细写："白马小儿"，指梁代叛将侯景，他带叛军进攻建康时骑白马；"泰清之岁"，梁武帝年号，他因侯景之乱被囚于太清二年（548年）。至此，诗人沉降和讥诮的语气并未继续，而是提高声调，以五、六两句再发慨叹："金陵昔时何壮哉，席卷英豪天下来"，将诗思的触角，伸向更悠远广阔的天地。接下去的六句，写"冠盖"散尽、"金舆"成灰、"白骨"遍野，"天子"沉井……一个个触目惊心的历史镜头从我们眼前闪过；作为"画外音"的是"扣剑悲吟"的诗人在对空嗟问：是谁，作了那个断送了江山和自己的亡国之曲《玉树后庭花》？至今传为"景阳井"（亦名胭脂井）遗址的南京台城侧畔、鸡鸣寺后山，还有一处废井与碑刻，诉说着南朝最后一个昏君陈叔宝的故事。

结尾四句为第三层次，总括全篇诗意，揭示中心题旨，将诗人心中的诗情、友情，对金陵的眷恋与赞颂、历史的追怀与感悟，一起化成"此地伤心不能道"、"送尔长江万里心"两句中两个"心"字——诗人不朽的诗心，如同一对"诗眼"，永远伴随着江南原野上的"离离长春草"，迎送远行万里的友人、千秋来往的过客。终篇的"南山皓"是诗人自喻，原指秦末汉初隐居在陕西商山的四个隐士，他们须眉皆白，人称"四皓"。李白用此表达自己的归隐之志，也是对友人和读者的交代。

金陵酒肆留别

风吹柳花满店香，吴姬压酒唤客尝。
金陵子弟来相送，欲行不行各尽觞。
请君试问东流水，别意与之谁短长。

开元十三年（725年），25岁的青年诗人李白第一次出川远游，在金陵逗留了不少日子，次年春赴扬州。《金陵酒肆留别》是他离别时为前来送行的朋友们写下的抒情短章。

开篇两句刻画春日景象与民俗风情，历来为评家们所乐道，有说"柳花之香，只有太白能言"，也有说"好句须好字，'吴姬压酒唤客尝'，见新酒初熟，江南风物之美，工在'压'字"。吴姬，吴地的青年女子，这里指酒店中的侍女。压酒，古时新酒酿熟，临饮时才压糟取用。春酒成熟之时，正当柳絮飞扬，满店酒香也好像它带来似的。"唤客尝"的"唤"字，有的版本上作"劝"，写出了当垆女待客的殷勤。

送行的"金陵子弟"也是年轻人，看来还不止一个，因为"欲行不行各尽觞"，要走和送行的人都干了杯，那场面颇热闹；还因为人多，诗人才没有像《送汪伦》那样在诗中直接指名道姓："桃花潭水深千尺，不及汪伦送我情"——金陵不是小山村，地方大、朋友多、金陵人自古就热情好客，那么早就将未来的"谪仙人"灌醉了。他趁着酒兴，以满心喜欢与感激，将万里长江的"东流水"写到自己的诗中来了，与送行者的情深谊长作比较——直到今天，它还流淌着南京人对诗仙的欣赏与怀念呢。

长干行

妾发初覆额，折花门前剧。
郎骑竹马来，绕床弄青梅。
同居长干里，两小无嫌猜。

十四为君妇，羞颜未尝开。

低头向暗壁，千唤不一回。

十五始展眉，愿同尘与灰。

常存抱柱信，岂上望夫台。

十六君远行，瞿塘滟滪堆。

五月不可触，猿声天上哀。

门前迟行迹，一一生绿苔。

苔深不能扫，落叶秋风早。

八月蝴蝶黄，双飞西园草。

感此伤妾心，坐愁红颜老。

早晚下三巴，预将书报家。

相迎不道远，直至长风沙。

　　长干，即长干里，古建康闾巷，遗址在今南京城南中华门外秦淮河边。从六朝时期到唐代，这里是人烟稠密、商贸繁华之地，也是通江船埠、八方往来之所。南朝乐府的杂歌曲辞中就有《长干曲》，写秦淮风情、长江行旅，文人诗也多有仿制。这首《长干行》为李白早年初游金陵时所作，才华横溢的年轻诗人向民歌学习、从民歌中汲取丰富滋养，又能够以气韵生动的人物形象与流转自如的诗歌语言，熔铸和创造出同类题材中的空前杰作，对中国古代乐府诗的传播与提升、继承和发展，做出了历史性的贡献。

　　全诗五言三十句，通过一个在长干里长大，十四岁就同邻家少年郎结缡的少妇口吻，自叙人生故事与情感经历。诗如行云流水，却运思精妙，结构匀称，按内容可分为两段：上段十五句，以"年岁"计，概数十六岁前的行状，情节生动，节奏明快，写出"长干女"童年的天真、单纯，出嫁后微妙的心理变化和对爱情的强烈信念，至"十六君远行，瞿塘滟滪堆"并从这紧密关联的两句中，不露痕迹地引出诗的下段。下段同样为十五句，却以"月份"计，细数主人公对"君远行"的日思夜想，始终未露面的夫君的"行程"也在主人公的内心活动中跌宕起伏，越绷越紧，让她牵挂不已——从"五月"句中因长江上游水涨船高、崖陡峡深，而担惊受怕，到"八月"句中面对秋色宜人、蝴蝶双飞，又顾影自怜……最后六句让思妇的闺情在直抒胸臆中掀起高潮，为"坐愁红颜老"而伤心的女主人公盼望夫君传书预报"下三巴"的归期，她斩钉截铁地表示：为了早日相见，她要赶到七百里外的"长风沙"（地名，在今安徽省安庆东，距金陵七百里）去迎接他！

李白诗歌语言的丰富、瑰丽，无可匹敌。杜甫赞他"笔落惊风雨，诗成泣鬼神"，诗仙晚年抒怀诗中的"清水出芙蓉，天然去雕饰"正是夫子自道。这首早年写成的《长干行》也生动地表明大诗人那非凡的造型能力和锤炼字句的功夫，是从脚踏实地的万里之行中"走"出来的，也是他悉心学习前人优秀作品和深入民间艺术宝山辛勤探索的结果。仅此诗开篇的前六句，作者就为汉语词典"增添"了两个成语（"两小无猜"和"青梅竹马"皆出典于此），一个诗人能将自己的艺术创造"植入"民族共同语，是民族文化和千秋万代对他的崇高褒奖。就文学创作的生活源泉与地方文化对诗人风格的浸润而言，也可视为南京历史文化与经典诗词对中华文明所作出的贡献。

登瓦官阁

晨登瓦官阁，极眺金陵城。

钟山对北户，淮水入南荣。

漫漫雨花落，嘈嘈天乐鸣。

两廊振法鼓，四角吟风筝。

杳出霄汉上，仰攀日月行。

山空霸气灭，地古寒阴生。

寥廓云海晚，苍茫宫观平。

门余阊阖字，楼识凤凰名。

雷作百山动，神扶万栱倾。

灵光何足贵，长此镇吴京。

瓦官寺，始建于东晋兴宁二年（364年），遗址在今南京城南花露岗附近，原为吴陶官府址，故名"瓦官"。寺内所藏戴安道所制金像、狮子国所贡玉像、顾恺之所绘维摩图，世称三绝，顾恺之因此成名并留下了"点睛之笔"的美谈。该寺历史悠久，高僧辈出，天台宗创始人智者大师（538-597年）在入天台山之前在此八年创宏禅法，该寺亦被佛子尊为天台宗祖庭，早在唐代影响就远播海外。

瓦官阁，又称升元阁，系梁武帝时寺内所建。阁高二百四十尺，一说三百四十尺，背钟山，临秦淮，望长江，是登高"极眺金陵城"的绝佳胜地。像登凤凰台一样，诗仙李太白堪称此阁千秋过客中首屈一指的"贵宾"。这首工整、奇瑰的五言排律《登瓦官阁》不仅记录其地理位置、自然风貌、非凡气象和四围景观，还想象它"横空出世"时的盛况，感叹建阁者营造的鬼斧神工……大诗人为他驰目骋怀的金陵胜迹、六朝首府和"东方佛都"留下了由衷的赞美、毕生的挚爱与眷恋。

"淮水入南荣"（荣，阁之飞檐），意指从上往下看，秦淮河似流入阁的南檐下。"漫漫雨花落，嘈嘈天乐鸣"，是李白因登高而对不远处以云光法师说法感应"天花乱坠"而留名的雨花台（唐时即用此名）所产生的诗意联想，进一步烘托瓦官寺庄严佛国的奇伟、瑰丽，也为物华天宝的"金陵一绝"——南京雨花石文化，发出了最早的富有浪漫色彩、来自盛唐年代的不朽吟唱。同瓦官阁更近的"凤凰台"、"阊阖门"，也在这首诗中记下了名字。结句中的"灵光"，系宫殿名，为汉初鲁恭王所建，东汉王延寿有《鲁灵光殿赋》，此处言灵光殿不能同瓦官阁相比。

法鼓：寺庙中的钟、鼓。风筝：此处指楼阁檐角所挂风铃。杳（yǎo）：高远。霸气：金陵王气。宫观平：暮色苍茫中，建筑的高低都分不清。雷作、神扶：此两句意为修建瓦官寺时，破土动工，声震群山；架梁悬拱，仿佛有神仙在扶持。

劳劳亭歌

金陵劳劳送客堂，蔓草离离生道旁。

古情不尽东流水，此地悲风愁白杨。

我乘素舸同康乐，朗咏清川飞夜霜。

昔闻牛渚吟五章，今来何谢袁家郎？

苦竹寒声动秋月，独宿空帘归梦长。

金陵劳劳亭，始建于东吴，古人送别之所，亦名临沧观，故址与新亭相近，在今南京城西南的江边。劳劳，告别时举手相招；古汉语"劳"通"辽"，亦有目送望远之意。汉乐府中有"举手长劳劳"句（《孔雀东南飞》），南朝乐府诗《华山畿》云："相送劳劳渚，长江不应满，是侬泪成许"，均为民歌。

李白的《劳劳亭歌》比较特殊，并非全写送别之事，而是借题发挥，另有所咏。"金陵劳劳送客堂"开篇后，仅以"蔓草离离生道旁"状其地貌，营造悲凉气氛，立即转入"古情不尽东流水"的作者本意，并用"此地悲风愁白杨"来凸显其主旨——此语出自《古诗十九首》之第十四首《去者日以疏》中的"悲风愁白杨，萧萧愁杀人"，诗人直接引用，借古人酒杯浇自己胸中块垒，"古情"亦即怀古伤今之情，作者以长江水喻之。长江是李白诗歌的摇篮，也是他述志抒情的载体与对象，劳劳亭又在江边，后面的四句虽然也涉及用典，但全写泛舟吟诗之事，也应是"古为今用"的实写，是他怀才不遇、内心积郁的倾诉。

"我乘"和"朗咏"句，借用谢灵运《东阳溪中赠答》诗中"可怜谁家郎，缘流乘素舸"的典故拿来自比：素舸，不加装饰的船；康乐，指谢灵运，因为这位山水诗鼻祖像他的族人谢朓一样为李白所尊崇，都是他"古来相接眼中稀"的六朝人物；"清川飞夜霜"疑是康乐公诗句，但不见今存谢集，可能已散佚。"牛渚吟"是东晋才子袁宏的故事：袁宏少时家贫，以运租为业。镇西将军谢尚镇守牛渚，秋夜赏月泛舟江上，闻听袁宏在运租船中朗诵所作咏史诗五章，非常欣赏，邀来相语通宵达旦，从此袁声名日茂。李白是主观性很强的浪漫主义大师，他始终驰骋在自己的想象里，但一刻也没有脱离眼前这大江悲风、草木凄凉的"抒情现场"。结尾两句"苦竹寒声动秋月，独宿空帘归梦长"，将诗人的孤独与愁思，牵引向横无际涯的寒秋、月夜与梦境……

　　仿佛是对眼前这处金陵名胜的"爱的补偿"，李白还有一首五言绝句专写《劳劳亭》："天下伤心处，劳劳送客亭。春风知别苦，不遣柳条青"——质朴清新又出神入化。如果说历代诗人有关金陵名胜古迹和历史文化的经典诗词创作，组成了一幅光耀古今、引人入胜的"南京诗歌地图"的话，诗仙手中的那支神来之笔，就是一根名副其实的"金手指"，指向哪里，哪里就有诗的精彩与不朽。

崔颢（704？—754）

唐代诗人，汴州（今河南开封市）人。开元年间进士，累官至司勋员外郎。早期诗多写闺情，后期到了边塞，诗风变为雄浑奔放。其《黄鹤楼》诗为李白所倾服。有《崔颢集》。

江畔老人愁

江南少年十八九，乘舟欲渡青溪口。

青溪口边一老翁，鬓眉皓白已衰朽。

自言家代仕梁陈，垂朱拖紫三十人。

两朝出将复入相，五世叠鼓乘朱轮。

父兄三叶皆尚主，子女四代为妃嫔。

南山赐田接御苑，北官甲第连紫宸。

直言荣华未休歇，不觉山崩海将竭。

兵戈乱入建康城，烟火连烧未央阙。

衣冠士子陷锋刃，良将名臣尽埋没。

山川改易失市朝，衢路纵横填白骨。

老人此时尚少年，脱身走得投海边。

罢兵岁余未敢出，去乡三载方来旋。

蓬蒿忘却五城宅，草木不识青溪田。

虽然得归到乡土，零丁贫贱长辛苦！

采樵屡入历阳山，刈稻常过新林浦。

少年欲知老人岁，岂知今年一百五。

君今少壮我已衰，我昔年少君不睹。

人生贵贱各有时，莫见羸老相轻欺。

感君相问为君说，说罢不觉令人悲。

崔颢是李白同时代诗人，也是盛唐诗坛上的著名才子。他的《黄鹤楼》被誉为唐代律诗第一；诗名很大，存诗却不多，仅42首，《江畔老人愁》是他的重要作品。这首歌行体的长篇叙事诗，塑造了一个高龄达一百五十岁的"金陵奇人"的形象，他是南朝历史的见证人，也是饱经战乱之苦的幸存者。霍焕民先生评说此诗，"有人物，有情节，有对话，有自白，有历史事件的铺叙，也有个人命运的抒写。作品显示了诗人提炼题材、刻画人物、运用语言的能力。我们从诗歌中的老人经历，看到了南朝梁陈两代八十多年的社会动乱和人民遭受的苦难。作品有深厚的社会认识意义和审美价值"。她还引用清代刘熙载《艺概》中的"叙事要有尺寸，有斤两，有剪裁，有位置，有精神"，称赞此诗"长短适宜，取舍得当，布局合理，在叙事上颇见功夫，深深寄托着好景不长、人事沧桑的感慨"。

此诗可视为"金陵怀古"的另类作品，诗人笔下同样有以史为鉴的用意，"直言荣华未休歇，不觉山崩海将竭"、"人生贵贱各有时，莫见赢老相轻欺"的警世之语，也值得记取。清新自然、流转多变的韵律，为唐代和后世叙事诗的创作提供了成功的范例。

垂朱拖紫：朱，朱绂，官服上的带子；紫，紫色印绶。借指高官显宦。三叶：三代。尚主：与公主结婚，当驸马。紫宸：代指皇宫。刈（yì）：收割。赢：瘦弱。

长干曲

君家何处住？妾住在横塘。

停舟暂借问，或恐是同乡。

家临九江水，来去九江侧。

同是长干人，生小不相识。

下渚多风浪，莲舟渐觉稀。

那能不相待，独自逆潮归。

三江潮水急，五湖风浪涌。

由来花性轻，莫畏莲舟重。

像李白一样，崔颢也是学习民歌，制作文人乐府诗的高手。这组《长干曲》以两位"同是长干人，生小不相识"的男女主人公的对话，写出以"长干"为出发地、四海为家的金陵儿女的生活故事，是一部民歌体的水上风情录，一出个性鲜明、场面生动的"微型诗剧"。

人物对话的场景，并非在长干，也不在"横塘"，横塘在长干里以西，内秦淮河至水西门段，同是金陵地名。男女主人公相遇，是在金陵之外的长江上游某个"停舟"处。女主人公的身份，应是船家女，也有说采莲女。生性活泼的她，大概是听到了对方口音有些熟悉，就主动发问了，这是第一首的情节。第二首是男的答话，都在江湖上来往，我也是"长干人"，以前不认识（现在相逢也不晚啊——这是"潜台词"）。第三首又是女孩子说话，因在回家路上，船向下游走，江面宽又逢晚潮逆向而动，我们一起走好吗？第四首仍是男的答话：没错，潮急、浪大，真得小心！都说"花性轻"，要是你的莲舟上多了点什么，也别怕重啊！（意思是我来帮你吧，"多"的是一个人，当然也是"潜台词"）

评家王英群说："由素不相识到愿意同舟共归，非同小可，不但语意明确，而且充满幸福的甜蜜感。这是作家对语言加工锤炼的结果，不同于一般的村语、民谣。"

杜甫（712—770）

唐代诗人，字子美，晚年自号少陵野老，河南巩县（今河南巩义）人。青年时漫游吴越，到过金陵。举进士不第，安禄山陷长安，逃至凤翔，被任为左拾遗，旋被贬华州司功参军。后移家成都，入剑南节度使严武幕，被荐为检校工部员外郎，故世称杜工部。晚年漂泊湖湘，病死舟中。中国古代最伟大的现实主义诗人，被后世尊为"诗圣"。

送许八拾遗归江宁觐省甫昔时尝客游此县
于许生处乞瓦官寺维摩图样志诸篇末

诏许辞中禁，慈颜赴北堂。

圣朝新孝理，祖席倍辉光。

内帛擎偏重，宫衣著更香。

淮阴清夜驿，京口渡江航。

春隔鸡人昼，秋期燕子凉。

赐书夸父老，寿酒乐城隍。

看画曾饥渴，追踪恨淼茫。

虎头金粟影，神妙独难忘。

许八拾遗（姓许，排行第八，拾遗是官职）是杜甫的同事和好友。这位许先生从京城回老家江宁（今南京）探亲，诗人写诗为他送行。诗题很长，达31字，作者不仅在题中交代早年曾游金陵，还提及向许先生要过金陵名胜瓦官寺壁画"维摩诘图"的样本并声明将此事"志诸篇末"；而在诗的篇末，诗人又以精心结构、浓墨重彩的诗句回忆："看画曾饥渴，追踪恨淼茫。虎头金粟影，神妙独难忘"，留下了唐代大诗人对前朝绘画大师顾恺之造型艺术的观摩印象与高度评价，因此此诗具有特别的美学内涵和文献价值，成为南京和中国文艺史上的生动见证。

顾恺之（348—409年），东晋大画家，字长康，小字虎头，晋陵无锡（今江苏焦溪）人。有中国画鼻祖、山水画鼻祖之誉，代表作《洛神赋图》《女史箴图》，为瓦官寺所作壁画《维摩诘图》系其成名之作。传说当年瓦官寺初建，寺僧向各界募捐集资，最多不过十万钱，而尚未成名的顾恺之答应捐百万并请留一面墙壁，他在寺中闭门作维摩诘像，百日将成，只留人物的眼珠未点，却对寺僧说："第一日开见者责施十万，第二日开可五万，第三日任例责施。"及开户，门外观众如堵，只见画家笔落画成，光明照寺，俄而果得百万钱。是为"点睛之笔"典故的由来，其所反映的意在笔先、迁想妙得、重在传神的艺术观点，亦被视为中国传统绘画发展的理论基础。从杜甫这首诗中，我们也能够感受到他对绘画艺术和历史珍品的强烈爱好，此诗作于唐肃宗乾元年间（758—760 年），正当安史之乱平息不久，满目疮痍中遭毁坏的文物古迹不知有多少，"追踪恨森茫"包涵了针对现实的怀古伤今之情。"虎头金粟影"的"虎头"指顾恺之，"金粟"系维摩诘（古印度居士）成佛后的佛号，亦称金粟如来。

　　作为送别诗，作者开篇即为友人被"诏许"（天子恩准）回乡"觐省"（看望父母）而吟咏，以一连串敬语和生动的细节，点染出一幅唐代社会与家庭生活的人情风俗画：从朝廷重视孝道，对许八多有赏赐，让他荣归故里，到送别的宴席、路上的行程，甚至连到家后趋庭问安、阔别十年后拜会乡亲、祭神祈福，诗人凭着自己丰富的阅历和对友人的关怀，想象和描绘得历历在目。"春隔"、"秋期"句，说的是在京城时天亮就有"鸡人"（官名）呼早朝，回家就听不到了，却可以陪侍在双亲身边直到秋凉燕去。"赐书"、"寿酒"句，是说许八可以用皇帝所赐墨宝夸耀父老，并为双亲庆寿让"城隍爷"也为之高兴。杜甫之诗不愧为"诗史"，他用自己手中那支无微不至、所向披靡，为时代"立传"的如椽大笔，为我们的南京老乡代写"还乡曲"，可谓小题大做、四两拨千斤，这是"许八爷"的光荣，更是"金陵之幸"。

皇甫冉（约714—767）

唐代诗人，字茂政，润州丹阳（今属江苏镇江）人。十岁能文，天宝十五年举进士第一，大历初迁右补阙，很受名相张九龄的赏识。有《皇甫冉集》。

送陆鸿渐栖霞寺采茶

采茶非采菉，远远上层崖。
布叶春风暖，盈筐白日斜。
旧知山寺路，时宿野人家。
借问王孙草，何时泛碗花。

中国是茶的故乡，也是茶文化的发源地。唐人陆羽（733—804年），字鸿渐，承前启后，搜奇发微，撰世界第一部茶学专著《茶经》，被后世誉为"茶仙"，奉为"茶圣"，祀为"茶神"。幼为弃婴被僧人收养的他，与"佛都"南京有不解之缘。唐肃宗乾元元年（758年），他来升州（今南京）考察，寄居"天下四大丛林之一"的栖霞寺，在盛产养生草药、古称"摄山"的栖霞山麓及周边地区采茶制茗、钻研茶道，两年后去苕溪（今浙江吴兴）隐居著述《茶经》。比他年长二十岁、时在江南的诗人皇甫冉与他有深交；无独有偶，这首《送陆鸿渐栖霞寺采茶》外，还有一首《送陆鸿渐山人采茶回》，系皇甫冉弟弟、同是诗人的皇甫曾所写，诗题与诗风均与乃兄相近，但角度和意趣各异，录之以备考："千峰待逋客，香茗复丛生。采摘知深处，烟霞羡独行。幽期山寺远，野饭石泉清。寂寂燃灯夜，相思一磬声。"

本篇起句中的"菉"，荩草，形似竹叶，生草坡或阴湿地，可作牧草，在屈原诗中被列为同芳草相对的"恶草"。皇甫冉作此采茶诗，有以"茶"喻人和赞"茶道"之意，故先为茶"正名"而后再言"采"。"布叶"与"盈筐"句，既为"远远上层崖"的采茶实写，又情韵生动，优美如画。"旧知"与"时宿"句，却如话家常，亲切自然，剪影一般留下陆羽踏遍青山、操劳茶事的质朴形象。最后以"借问王孙草，何时泛碗花"作结，"王孙草"出典于《楚辞·招隐士》："王孙游兮不归，春草生兮萋萋"，原指牵人离愁的景色，用在这里可作茶的美称解。"泛碗花"，烹茶饮茗时的动态，作者是陆羽的老友与茶客，他在问什么时候能喝您的新茶啊，好像已闻到了那升腾在玉液清波中的袅袅茶香！

此诗为六朝以降的金陵茶事以及"茶圣"在栖霞山的踪迹，提供了鲜活的确证。今日栖霞山名胜白乳泉边的"试茶亭"，仍铭记着这段陆羽"入山采茶，皇甫冉作诗送之"的千秋佳话。

孟郊（751—814）

唐代诗人，字东野，湖州武康（今浙江德清县）人。贞元进士，仕途不得意，曾任溧阳县尉。因其诗作多写世态炎凉、民间苦难，有"诗囚"之称。与贾岛齐名，谓之"郊寒岛瘦"。有《孟东野诗集》。

赠建业契公

师住青山寺，清华常绕身。
虽然到城郭，衣上不栖尘。

南京是中国佛教文化重镇，南方佛教的兴起地，高僧辈出，多有建树。吉藏大师在栖霞寺开创三论宗，智者大师在瓦官寺弘法后去天台山创天台宗，法融禅师立牛头禅于牛首山。比唐玄奘取经早三百年的"西行求法第一人"东晋高僧法显，是在建康完成了他的不朽名著《佛国记》。灵谷寺前至今有"唐贤三绝碑"和宝公塔纪念梁代名僧宝志，这位家喻户晓的传奇人物，有考证说他是南宋小说《济公传》的主人公原型。

《赠建业契公》是孟郊为他尊称为"契公"的一位南京僧人所写，其人其事，均已无考，但因作者对这位同时代法师的了解之深和敬慕有加，更因为诗人笔下的洗练与精到，犹如一幅淡然又传神的水墨画，寥寥几笔，就将这位行走在"青山"与"城郭"之间，"清华常绕身"、"衣上不栖尘"的唐代僧人肖像，点染得让人过目不忘。

谢朓有诗句："谁能久京洛，缁尘染素衣"（《酬王晋安》）；唐代高僧、禅宗六祖惠能偈语："菩提本无树，明镜亦非台；本来无一物，何处惹尘埃？"——都有助于我们对此诗所揭示的社会现实和佛家思想加深认识。罗丹说：什么是美，美在于发现；又说所谓雕塑，就是拿一块石料来，去掉所有多余的东西。诗人所做的是同样的工作。在孟郊笔下，连"青山寺"这三个字，都是有用的"料"和"美"的元素，因为它并非寺名，却给人以"城郭"之外的联想，与一尘不染的"清华"之气靠得更近。

张籍（约 768—830）

唐代诗人，字文昌，原籍吴郡（今苏州），少时移居和州乌江（今安徽和县乌江镇）。贞元进士，经孟郊介绍与韩愈结识，曾任水部员外郎、国子司业，世称"张水部"、"张司业"，其乐府诗与王建齐名，并称"张王乐府"。有《张司业集》。

贾客乐

金陵向西贾客多，船中生长乐风波。
欲发移船近江口，船头祭神各浇酒。
停杯共说远行期，入蜀经蛮远别离。
金多众中为上客，夜夜算缗眠独迟。
秋江初月猩猩语，孤帆夜发潇湘渚。
水工持楫防暗滩，直过山边及前侣。
年年逐利西复东，姓名不在县籍中。
农夫税多长辛苦，弃业宁为贩宝翁。

张籍是中唐现实主义诗人，他和同时代的韩愈、白居易都有密切的交往，是白居易所倡导的"新乐府"诗歌革新运动中的一员健将，其乐府诗能够反映社会现实，语言凝练平易自然，表现了对人民的同情。白居易称赞他："张公何为者？业文三十春。尤工乐府词，举代少其伦。"王安石在读了他的诗集后也写诗评赞："苏州司业诗名老，乐府皆言妙入神。看似寻常最奇崛，成如容易却艰辛。"（《题张司业诗》）可见他的新乐府诗在文学史上的地位。

《贾客乐》原为南朝乐府《清商曲辞·西曲歌》中的旧题，张籍借用它来写一群金陵商人常年奔波在长江水路上的辛劳与甘苦。诗中虽然没有具体的故事情节，也不作人物形象的精雕细刻，而是截取商旅生活的几个横断面，通过一组情景交融的特写镜头，刻画人物的职业特点与内心活动。贯穿全诗的主线，首先是"金陵向西贾客多，船中生长乐风波"

中的那个"乐"字，继而是"船头祭神"、"经蛮远别"、"金多"、"夜算"及旅程艰险等生活场景，表现"乐"字后面的"苦"和"愁"，最后以"年年逐利西复东，姓名不在县籍中"的商人之乐对比"农夫税多长辛苦，弃业宁为贩宝翁"的农家之苦，又回到诗的题目《贾客乐》上来——诗人的本意，带有对商人乐的贬抑、对农民愁的同情，反映了中唐商业经济畸形发展中农民破产、农村分化的社会现实，也是作者儒家"农本"思想的反映。

贾客乐：贾，商人。贾客乐，原为乐府旧题。算缗（mín）：算账。缗，古代穿铜钱用的绳子；亦为计量单位，一缗（一串铜钱）为一百文。贩宝翁：代指商人。

刘禹锡（772—842）

唐代文学家、哲学家，字梦得，彭城（今江苏徐州）人，有"诗豪"、"小诗之圣"之誉。贞元九年（793年）进士，登博学宏词科，官监察御史。因参加王叔文革新集团反对宦官和藩镇割据势力屡遭贬谪，晚年迁太子宾客，故称刘宾客。诗文俱佳，与柳宗元并称"刘柳"，与韦应物、白居易合称"三杰"，哲学著作《天论》具有唯物主义思想。有《刘梦得文集》。

金陵五题（选三）

石头城

山围故国周遭在，潮打空城寂寞回。
淮水东边旧时月，夜深还过女墙来。

乌衣巷

朱雀桥边野草花，乌衣巷口夕阳斜。
旧时王谢堂前燕，飞入寻常百姓家。

台城

台城六代竞豪华，结绮临春事最奢。
万户千门成野草，只缘一曲后庭花。

宝历二年（826年），刘禹锡在和州（今安徽和县）刺史任上写了一组咏怀金陵古迹的七言绝句，总名《金陵五题》。作者曾为之序："余少为江南客，而未游秣陵，尝有遗恨。后为历阳守，跂而望之。适有客以《金陵五题》相示，逌尔生思，欻然有得。他日友人白乐天掉头苦吟，叹赏良久，且曰《石头》诗云'潮打空城寂寞回'，吾知后之诗人不复措辞矣。余四咏虽不及此，亦不孤乐天之言耳。"历阳是和州古称，与金陵一江之隔，从"跂而望之"看，写此篇时作者尚未亲临其境，仅凭对六朝古都的强烈向往与满腹才情，就写出了李白之后金陵怀古诗中的"扛鼎之作"，用诗人的字号来形容，也称得上是"梦得"了。

"五题"的前三首诗，历来为选评家所重。《石头城》高屋建瓴，雄浑苍凉，前人评说："山在，潮在，月在，唯六国不在，而空城耳，亦伤古兴怀之作（《唐音癸签》）。"《乌衣巷》所咏之地因吴时为乌衣营而得名，晋室东迁后，名族聚居呈一时之盛，而今"燕子仍入此堂，王谢零落，已化作寻常百姓矣。感慨无穷，用笔极曲"（《岘佣说诗》）《台城》构思着眼于古都皇权的象征，旧时宫苑所在，诗人以唐代已"万户千门成野草"之表象，诘问与追责当年陈后主作《玉树后庭花》醉生梦死、荒淫误国之史实，见微知著，洞若观火。今论者张润静称刘禹锡是中唐时期"最早集中触及金陵悲情、最早最深地发掘金陵母题审美内蕴的诗人"，认为诗人所寄托的伤悼之情，既为金陵古迹特有的审美指向，也是安史之乱造成的社会灾难给士人留下"内伤"的自然流露。刘禹锡的金陵怀古诗在形式和内容上进一步深化和推进了"金陵怀古"这个文学母题的思考和创作，其影响力超越了诗歌领域，延伸至词曲甚至戏剧、小说。

刘禹锡是到过金陵的，写作时间稍后的《罢和州游建康》记录了他的行踪："秋水清无力，寒山暮多思。官闲不计程，遍上南朝寺。"正是这次"官闲"之旅中，他又写下《西塞山怀古》《台城怀古》《金陵怀古》三首力作。

淮水：秦淮河。女墙：城墙上矮墙。王谢：王导、谢安两家，东晋时的豪门大族。结绮、临春：陈后主在景阳宫中修建的豪华楼阁。

李贺（约790—816）

唐代诗人，字长吉，河南福昌（今河南宜阳）人，家居福昌昌谷，后世称李昌谷。唐宗室郑王李亮后裔，因遭人妒才受谤仕途坎坷，只做过九品小官。有"诗鬼"之称，与李白、李商隐并称"三李"。中唐到晚唐诗风转变期的代表人物，也是继屈原、李白之后，中国文学史上又一位享有盛誉的浪漫主义诗人。有《昌谷集》。

追赋画江潭苑四章

其一

吴苑晓苍苍，宫衣水溅黄。

小鬟红粉薄，骑马佩珠长。

路指台城迥，罗薰裤褶香。

行云沾翠辇，今日似襄王。

其二

宝袜菊衣单，蕉花密露寒。

水光兰泽叶，带重剪刀钱。

角暖盘弓易，靴长上马难。

泪痕沾寝帐，匀粉照金鞍。

其三

剪翅小鹰斜，绦根玉镟花。

鞦垂妆钿粟，箭箙钉文牙。

狒狒啼深竹，鸂鶒老湿沙。

宫官烧蜡火，飞烬污铅华。

其四

十骑簇芙蓉，宫衣小队红。

　　　　练香熏宋鹊，寻箭踏卢龙。

　　　　旗湿金铃重，霜干玉镫空。

　　　　今朝画眉早，不待景阳钟。

　　江潭苑是梁武帝大同九年所建的皇家园林，位于金陵南郊"新林路西去城二十里"（据《大清一统志》）。另有史料说，萧梁时期从新亭凿渠通新林浦，又为池，开大道，立殿宇，亦名王游苑，可见其规模。李贺这题画诗所题画作是前人所绘"江潭苑宫女随行出猎图"，原本是专供帝王优游嬉乐的偌大林苑，连出行打猎都有成群结队的宫女随侍跟从，可见南朝统治者纵情声色犬马之一斑。李贺之所以"追赋"，据清代姚文燮在《昌谷集注》中说，是因为当时的德宗李适（742—805 年）"好游畋，常宴鱼藻池，令宫人张水嬉为棹歌，时率宫人猎于苑中，又猎于东城。贺意为六朝侈靡，自难永祚，当观画而追赋以志诚也"。

　　全诗分四章，围绕画作而写。其一为"远观"：清晨已进入林苑的宫女，鹅黄的宫衣，薄薄的粉妆，因娇小骑在马上所佩珠饰显得更长，从台城（宫城）到这里路可不近，裤褶（骑马装）仍飘着薰香，真像是巫山神女又见到了楚襄王。其二为"近观"：因菊色罩衣单薄，贴身蕉花红宝袜（抹胸，即兜肚）露出来，涂过兰汁膏的秀发油光水亮，腰带上的饰物多么贵重，可怜这身姿长靴上马、挂角弯弓真难为她了。泪痕已留给昨夜的寝帐，金鞍上光彩照人的是涂匀的粉妆啊！其三写"行猎"：从神气活现的小猎鹰，到精致华美的坐骑、装备，再到竹林深处、水边沙滩的珍贵猎物（狒狒和鸡鹧，赤头鹭），无一不显皇家气派，包括那天亮前宦官点燃的蜡火余烬，还飞沾在她们的姿色上呢！其四总写"群体"：女骑士们十人一队，花团锦簇如盛开的芙蓉，从晨露打湿了旌旗上的金铃，到阳光晒干了脚镫上的凝霜，让人感到轻松，时间过得真快——今天起得最早的是宫中的画眉，因为宫女们要提前梳妆，不能等待那景阳楼上的晨钟……

　　李贺是写古体诗和新乐府诗的高手，这篇五言古风，绘声绘色，细腻传神；语含机锋，流转自如；环环紧扣，如读长卷。27 岁的天才英年早逝，传世的作品数量不多，却为历代南京诗词的人物画廊，留下了一件堪称稀有的珍品。

杜牧（803—852？）

唐代诗人、散文家，字牧之，号樊川居士，京兆万年（今陕西西安）人。宰相、史学家杜佑之孙，杜从郁之子。文宗太和进士，官至中书舍人，以济世之才自负，曾注曹操所定《孙子兵法》十三篇。诗与李商隐齐名，世有"小李杜"之称，人称其为"小杜"，以别于杜甫。晚年居长安南樊川别墅，故后世称"杜樊川"，著有《樊川文集》。

江南春

千里莺啼绿映红，水村山郭酒旗风。
南朝四百八十寺，多少楼台烟雨中。

泊秦淮

烟笼寒水月笼沙，夜泊秦淮近酒家。
商女不知亡国恨，隔江犹唱后庭花。

杜牧是晚唐诗坛上最重要的诗人之一，他集众家之所长，又有洒脱无羁、超拔隽永的个性。清代管世铭说他"天才横逸，有太白之风，而时出入于梦得；七言绝句一体，殆尤专长"（《读雪山房唐诗序例》）。沈德潜赞赏他的绝句"托兴幽微"，可谓盛唐绝诗之"嗣响"，把其特色概括为"远韵远神"。的确，读杜枚的《江南春》，感受到的不仅是"诗中有画"，而是诗人笔下的每个方块字，都是一个信息全开，铆足了劲的"形、音、义"俱在，鲜活又神奇的"意象载体"，让千载之下的中外读者都能够见识、闻听与触摸到"汉字之美"、"唐诗之美"。比照闻一多先生探讨新诗语言艺术的"三美定律"（绘画美、音乐美与建筑美），二十四个汉字组成的《江南春》，就是一阕穿越时空、宁静永恒，流动飘逸着"远韵远神"，来自大唐的《江南曲》；也是交织和迭印在江南原野上、金陵烟雨中，生机盎然又含蓄内蕴，永不褪色和过时的诗人杜牧微缩版的"清明上河图"。

杜牧博通文史，有经世之才，23岁时作《阿房宫赋》，在其咏史、抒怀与写景诗中触及时事，多藏机锋。《江南春》涉及南朝统治者佞佛，劳民伤财，修建寺庙，已成历史遗物留在江南风景里，审美之中不乏讽刺，诗的内涵也更丰富。而在《泊秦淮》中，诗人的着力点并非秦淮月色笼罩下的南朝痛史，《后庭花》已是前朝曲。让"夜泊"的诗人如"芒刺在背"的，是"不知亡国恨"的商女"隔江犹唱"——这种鲜活的现实感受与讽喻意味，让他的笔下翻出了为前人所未道、让当世者警醒的新意。

比杜牧小十岁的李商隐有诗赞杜牧："高楼风雨感斯文，短翼差池不及群。刻意伤春复伤别，人间惟有杜司勋。"（《杜司勋》）司勋，是杜牧的官名。"小李"自谦不如"小杜"，可见前者的盛名和后者的雅量。

温庭筠（812？—870）

唐代诗词作家，原名岐，字飞卿，太原祁（今天山西省祁县）人。唐初宰相温彦博之后裔。屡举进士不第，仕途不得志，官终国子监助教。工诗精通音律，与李商隐齐名，时称"温李"。他致力于词的创作，现存词在唐诗人中最多，对词的发展影响很大，被尊为"花间词派"鼻祖，有《温飞卿集》。

谢公墅歌

朱雀航南绕香陌，谢郎东墅连春碧。

鸠眠高柳日方融，绮榭飘飖紫庭客。

文楸方罫花参差，心阵未成星满池。

四座无喧梧竹静，金蝉玉柄俱支颐。

对局含矉见千里，都城已得长蛇尾。

江南王气系疏襟，未许苻坚过淮水。

这首七言古风，集写景、状物、叙事、咏史于一体，以金陵名胜"谢公墅"和著名的"淝水之战"中一个生活化又戏剧化的精彩片断为背景，运用诗的语言、细节和意象的表现，成功地刻画出"谢公墅"主人、东晋主帅谢安，在牵系时局和国运的关键时刻，指挥若定、决胜千里的大将风度与历史功勋。如同一首情节生动、肖像传神、风格典雅的"评弹曲"和"说唱诗"。温庭筠这位开一代婉约词风的晚唐诗人，为金陵怀古诗题材和形式的多样化，增添了一个新颖独特的范例。

谢公墅在今南京市江宁区东山，该地旧名土山，因谢安（320—385年）仿会稽东山别墅筑室于此，故又称"小东山"。这首诗中所咏的史实为：前秦苻坚统兵百万进攻东晋，建康都城为之紧张，谢安为征讨大都督，派谢石、谢玄率兵抵御。谢玄向谢安问计，安答"已有别旨"便不再多言。玄不敢再请，使张玄来问，谢安却驾车前往别墅，待亲朋满座，安与张玄下围棋赌别墅。谢安平常棋艺不及张玄，此刻张玄心慌而败，谢安对外甥羊昙说"别墅给你啦",便登山游玩,至晚才回城召集众将交代机宜。淝水之战,晋军以少胜多,谢安留名千古。此诗前四句写谢公墅的地理位置、内外环境与高朋满座,后六句写博弈故事与人物情状,结尾句仍在人物形象的刻画中完成题旨:谢安敞开了便服的衣襟,却系住了东晋的国运,企图跨过淮河的强敌失败了。

　　朱雀航:即朱雀桥。东晋初,沿秦淮河列船浮航,有急变则撤航。文楸,棋盘。方罫,围棋盘上的方格。心阵:心中布阵,既指棋局,亦指战事,一语双关。星满池:时已入夜。金蝉玉柄:武官帽上的饰物、贵人手中的拂尘。支颐:托腮(对弈)。含颦:皱眉。见千里:了解千里外的形势。长蛇尾:此句意指已抓住敌方的要害。

李商隐（813—858）

唐代诗人，字义山，号玉溪生，又号樊南生，原籍怀州河内（今河南沁阳）。开成二年进士，因受党争影响备受排挤，一生潦倒。作诗擅长律绝，与杜牧合称"小李杜"，与温庭筠合称"温李"，是古代诗人中刻意追求"朦胧美"的代表性人物之一。有《李义山诗集》。

咏史

北湖南埭水漫漫，一片降旗百尺竿。
三百年间同晓梦，钟山何处有龙盘？

玄武湖，古称桑泊，地处宫城之北和钟山之阴，故称北湖、后湖。昔时与长江相通，湖面比今天大得多，做过南朝水军的操练地，因此湖名中才多了个"武"字。南埭即鸡鸣埭，今鸡笼山以东沿湖地段，经覆舟山与钟山相接，因齐武帝晨游钟山射雉至此闻鸡叫而得名。这一带山水城林，不仅关乎军事防务，还是牵系南朝国运的皇城与宫苑所在，历代统治者发号施令与游宴享乐之禁裔。

七绝《咏史》篇幅虽短，题目却不小，作者用大写意手法，一开篇就让南朝历史的"最后一幕"在这里定格："北湖南埭水漫漫，一片降旗百尺竿。"公元589年，隋文帝进攻陈都建康之前，不仅下诏数点陈后主二十款大罪，散写诏书二十万纸，遍谕江外，还修建许多战船，故意将削下的木片、刨花抛入江中，沿江而下来震慑对方，但沉湎酒色荒废朝政的陈叔宝自恃长江天险屏障，直到隋军兵临城下才慌不择路，领着两个宠妃躲进后宫的"辱井"成了千古笑柄。具有讽刺意味的是，仅仅三年前这位亡国之君曾在玄武湖上耀武扬威，举行操练水军的皇家阅兵，而在此十年前由他父王陈宣帝主持的"演武"是六朝玄武湖阅兵史上规模最大的一次，时人有"五百楼船十万兵，登高阅武阵云生"之叹。北湖南埭见证了六个走马灯似频繁更迭的王朝末日，总计三百六十多年的"帝王大业"终究不过是一场同样结局的"晓梦"：做到凌晨才醒的残梦，也有评家解为"晓，知晓，梦中有知之梦"。至此，诗人亮出这首诗的底牌和诗眼："钟山何处有龙盘"——眼前的山水，还是昨天的山水，那传说中的"龙盘虎踞"和"金陵王气"又到哪里去了呢？

吴调公先生说："这种鞭辟入里的艺术判断，是李商隐咏史作品中以议论为诗又兼含蓄与明快的罕见之作。"

南朝

玄武湖中玉漏催，鸡鸣埭口绣襦回。
谁言琼树朝朝见，不见金莲步步来。
敌国军营漂木柹，前朝神庙锁烟煤。
满宫学士皆颜色，江令当年只费才。

与《咏史》的"写意画"风格相比，七律《南朝》更像是出上映在同一舞台布景中的"皮影戏"。诗人让历史人物纷纷登场，好像是给前一首的"大结局"作剧情补充，表现手法更客观、更细腻，也增强了讽刺和批判的力量。开篇两句说的是齐武帝晨猎的故事：玉漏，古代计时器；绣襦：锦绣短袄，这里指陪伴他出行的宫女。"琼树"句，指陈后主作《玉树后庭花》；"金莲"句，言齐东昏侯（废帝）凿金为莲花贴地，令潘妃行其上。"敌国"句上文已交代，柹，砍木掉下的碎片。"前庙"句，指他荒淫误国，连宗庙也无人祭祀为烟尘所封。最后两句仍然是他的糗事：封宫女为学士，而江总那样有才的重臣，只是陪侍做狎客而已。

罗隐（833？—909）

唐代文学家，原名横，字昭谏，自号江东生，新登（今浙江富阳县新登镇）人。因诗文多讥讽现实，为当权者恶，十举进士不第，遂改名为隐。黄巢起义后避乱回乡，晚年依吴越王钱镠，官至谏议大夫。有《罗昭谏集》。

春日登上元石头故城

万里伤心极目春，东南王气只逡巡。

野花相笑落满地，山鸟自鸣啼傍人。

谩道城池须险阻，可知豪杰亦埃尘。

太平寺言惟轻薄，欲把三公与贼臣。

"上元"是唐上元年间废"升州"后对金陵的称谓。晚年的罗隐在一个春日里登临石头山（清凉山）上的石头城，眼前的江水、脚下的空城，带给他"万里伤心"和"金陵王气"顶多是东南半壁偏安罢了的一声叹息。江南春色中的野花山鸟，让他联想到前辈诗人杜甫身陷安史之乱在长安的悲吟："感时花溅泪，恨别鸟惊心"——对罗隐来说，这是本朝的历史，也是他吊古伤今的缘由。因此他感叹天险城固靠不住，英雄豪杰也会化作尘埃，不要说那个一心想做"太平寺主"却把"三公"显贵轻易让给了乱臣贼子的梁武帝了。梁武帝好佛，多次"舍身"出家。"三公"是中国古代最尊贵的三个官职（太师、太傅、太保），武帝封魏叛将侯景为河南王，授大将军，最后亡于侯景之乱。

罗隐有不少精警的诗句流传至今，成为经典名言。如"时来天地皆同力，运去英雄不自由""家财不为子孙谋""今朝有酒今朝醉""任是无情也动人"等等。"今朝"句出于他的《自遣》诗："得即高歌失即休，多愁多恨亦悠悠。今朝有酒今朝醉，明日愁来明日愁。"

皮日休（834？—883）

唐代文学家，字袭美，一字逸少，复州竟陵（今湖北襄阳）人。曾居住在鹿门山，自号鹿门子，诗文与陆龟蒙齐名，世称"皮陆"。咸通八年（867年）进士，任太常博士。后参加黄巢起义或言"陷巢贼中"，为翰林学士，起义失败后不知所踪。有《皮子文薮》。

游栖霞寺

不见明居士，空山但寂寥。
白莲吟次缺，青霭坐来销。
泉冷无三伏，松枯有六朝。
何时石上月，相对论逍遥。

齐永明元年（483年），隐居摄山的山东名士明僧绍将宅舍捐为庙产，延请高僧法度来此讲经并担任住持。因为明僧绍自号"栖霞"，故将佛寺称为"栖霞精舍"——这就是栖霞寺的起源，摄山也因此易名。隋唐时期，栖霞寺为全国四大丛林之一。隋仁寿元年（601年），文帝下令全国八十三州同期兴建舍利塔，栖霞寺列为榜首。唐上元三年（676年）高宗为表彰明僧绍亲撰碑文在该寺立《明征君碑》。天宝七年（748年），扬州鉴真和尚第五次东渡日本，也曾在栖霞寺住锡传经。

皮日休的《游栖霞寺》有歌颂隐逸之意，是因为晚唐末世政治黑暗、仕途坎坷，使他倾向隐逸，曾作《鹿门隐书》六十篇。这首五言诗着意渲染山的空寂、寺的冷清，全是因为"不见明居士"（与他志趣相契的明僧绍）。诗人喜爱白莲。此诗中的"白莲""青霭"句，意为白莲在我的吟哦中渐渐凋落，青霭（山中云气）因我久坐而散尽。"泉冷"和"松枯"句也是山寺实景，看似信手拈来，其实精妙：既得造化之助（三伏天最热，但对冷泉而言是不起作用的），又见历史的感应（六个朝代逝去，松怎能不老呢），令人叫绝！最后两句呼应开篇，明居士不来，就等明月上"千佛崖"时，再同他一起讨论庄子的《逍遥游》吧。

陆龟蒙（? —881）

唐代文学家，字鲁望，号天随子、江湖散人、甫里先生，长洲（今苏州）人。举进士不第，曾任湖州、苏州刺史幕僚，后隐居松江甫里（今甪直镇），有《甫里先生集》。与皮日休交友，世称"皮陆"。

景阳宫井

古堞烟埋宫井树，陈主吴姬堕泉处。
舜没苍梧万里云，却不闻将二妃去。

景阳宫井，南朝陈景阳宫之井，因井栏上有胭脂纹，又名胭脂井，遗址在今南京古鸡鸣寺内。当年隋军攻克台城，陈后主与张丽华、孔贵嫔隐身井中，遂被生擒，后世称"辱井"。陆龟蒙的这首七绝，前两句写景记事看似平实，却让人印象深刻，清清楚楚地看到被古城残堞、荒烟杂树遮掩的井口，见证了"陈主"与"吴姬"们的"堕泉"——那个为南朝帝王的荒唐史划上了"句号"的特写镜头。

诗人犀利的目光和批判的笔锋，更表现在结尾两句，如同投枪出手，"直击"荒淫无道的昏君之所以被历史抛弃、嘲弄的缘由与"痛点"——为万代景仰的先贤舜帝南巡时死于苍梧，归葬云雾缭绕的九嶷山，可没有听说过他把自己的两位爱妃娥皇和女英也带过去啊。

罗隐、皮日休、陆龟蒙三位都是晚唐诗人中的讽喻诗人和小品文大家。鲁迅在《小品文的危机》中有过一段关于他们的精辟议论："唐末诗风衰落，而小品放了光辉。罗隐的《谗书》几乎全部是抗争和愤激之谈；皮日休和陆龟蒙，自以为隐士，别人也称之为隐士，而看他们在《皮子文薮》和《笠泽丛书》中的小品文，并没有忘记天下，正是一塌糊涂的泥塘里的光彩和锋镳。"镳（biāo），同镖，飞镖之镖也。当然，这是诗人的另一面。

韦庄（836？—910）

唐、五代（前蜀）诗人、词人，字端己，长安杜陵（今西安市东南）人。宰相韦见素之后，早年屡试不第，年近六十方考取进士，任校书郎。天复元年（901年），入蜀为王建掌书记，王建称帝，官至吏部侍郎兼平章事。长篇叙事诗《秦妇吟》有名于世。有《浣花集》。

台城

江雨霏霏江草齐，六朝如梦鸟空啼。

无情最是台城柳，依旧烟笼十里堤。

台城，六朝宫苑与皇城之所在，因朝廷禁省（行政中枢）被称为台，故名台城。据最新考古资讯，其遗址应在今玄武湖之南、大行宫以北。晚唐诗人韦庄笔下的台城，与今习称"台城"实为明初废城的地段基本相合。这里紧邻玄武湖，远眺钟山，映照湖光山色的十里长堤绵延在古城墙脚下，将山水城林融为一体，历来是古都金陵览胜观景的绝佳之地。

韦庄的这首七言绝句，原题为《金陵图》，前人曾注释为题画之作。身处大唐末世的诗人系名门之后，但少时孤贫，力学成才，中和三年（883年）他在黄巢起义军攻陷长安后于战乱流离中所写叙事诗《秦妇吟》为现存唐诗中最长一首（1666字），因反映社会现实与民间疾苦而广为流传，被称为"秦妇吟秀才"。长诗篇末借主人公秦妇之口说"适闻有客金陵至，见说江南风景异"，"避难徒为阙下人，怀安却羡江南鬼"，表达了对江南和金陵的向往。光启四年（888年），年过半百仍在为生计与仕途奔走的韦庄，有过一次金陵之旅，留下《上元县》《金陵图》等诗作。阅历深厚又"平生志业匡尧舜"的诗人目睹繁华落尽、衰微破败的"六朝胜迹"，自然会触动怀古伤今的情怀。正当江南草长、细雨霏霏的暮春时节，远处的江天草色、近处的林鸟空啼，尤其是十里堤上一片生机盎然的垂杨柳，更让他感慨万千。他用反诘的语气"责难"台城柳"无情",实际上是"反话正说"。就像刘禹锡《乌衣巷》诗中的燕子,李白《登金陵凤凰台》中的大江一样,韦庄选取"台城柳"这个最富有生活气息又充满了现场感的意象,不仅能将"六朝如梦"这样空灵的诗境反衬与强化,更因为"台城"二字是有典型意义的金陵地标,而"柳"恰恰是春天与活力的象征,既有鲜明的个性,也切合诗人的心境——"怀古而不恋旧,伤古而不消沉,既有整体的构思美,又含蕴清新俊逸之气,是本篇长期为人们传诵的原因,也是最值得品味鉴赏的所在"(今人杜黎均点评)。

三百年唐诗中的"金陵图"至此唱出它最后的"绝响"。今天南京玄武湖公园的台城脚下、十里堤边的垂杨柳旁,竖起了汉白玉雕诗人韦庄的全身像。离他不远的几处纪念雕塑上,还能看到他的前辈郭璞、萧统、李白和后辈同行王安石的身影。

杜荀鹤（846—904）

唐末诗人，字彦之，号九华山人，池州石埭（今安徽石台）人，出身寒微，自称"江湖苦吟士，天地最穷人"，传为杜牧出妾之子。大顺二年（891年）始中进士，曾为宣州田頵幕客。最后任五代梁太祖（朱温）的翰林学士，仅五日而卒。其诗全为近体，七律居多，为晚唐现实主义诗人。有《唐风集》。

题瓦官寺真上人院矮桧

天生仙桧是长材，栽桧希逢此最低。
一自旧山来砌畔，几番凡木与云齐。
迥无斜影教僧踏，免有闲枝引鹤栖。
今日偶题题似着，不知题后更谁题。

桧树，又称圆柏，常绿乔木，树冠呈锥形，果实球状，木材桃红色，有香气。中国是桧树的原产地，到处都能见到这种高大可达十数丈的"长材"，但金陵城南瓦官寺内的这棵"矮桧"却是个罕见的例外，它引起诗人的好奇，也引起他的思索。他在这首咏物诗中，赞美矮桧与世无争，甘于寂寞，质朴方正的个性特色，并且慨叹自己是矮桧的知音，今天偶然相逢题上这首诗，不知道此后还会有谁人再为它感咏呢。

杜荀鹤一生苦吟，以诗为业，主张"诗旨未能忘救物"，对晚唐的社会黑暗与百姓苦痛多有反映，如《再经胡城县》："去年曾经此县城，县民无口不冤声。今来县宰加朱绂，便是生灵血染成。"其诗也清新自然，爽健有力，自成一格。这首咏矮桧的七律，显然有诗人自己的影子，但并非怀才不遇的牢骚，而是有执着自在的追求。

希：同"稀"。凡木：喻指庸才。迥：很，远。斜影、闲枝：歪斜的影子、闲散的枝条，这两句是从矮桧的角度来状物抒怀、表情述志，将一个有真才实学、人格独立、刚直不阿者的形象与襟怀寄寓其中。

冯延巳（约903—960）

南唐词人，又名延嗣，字正中，广陵（今江苏扬州）人。仕于南唐烈祖、中主二朝，三度入相，官终太子太傅，卒谥忠肃。他的词多写闲情逸致，文人的气息很浓，对北宋初期的词人有比较大的影响。有词集《阳春集》传世。

喜迁莺

宿莺啼，乡梦断，春树晓朦胧。残灯吹烬闭朱栊，人语隔屏风。

香已寒，灯已绝，忽忆去年离别。石城花雨倚江楼，波上木兰舟。

冯延巳做过南唐的宰相，也是中主（李璟）的词友。君臣间常以词互为遣兴，最有名的故事是中主读冯延巳写春闺怀人的《谒金门》，以词中的首句戏之："'风乍起，吹绉一池春水'干卿底事？"延巳答："未若陛下'小楼吹彻玉笙寒'！"后者是中主词《摊破浣溪沙》中的佳句。王国维对他有很高的评价："冯正中词虽不失五代风格，而堂庑特大，开北宋一代风气。"（《人间词话》）

《喜迁莺》也是他的一首名作。上片写羁旅中的"乡梦"被宿莺啼声打断，主人公望窗外天色尚早，吹熄残灯闭户再睡，不料人语声又从屏风外传来。下片是香已冷，灯早灭，难以入梦的主人公只能依枕遐想了：那是去年暮春在"石城花雨"中的离别，江楼上的送行者还在眺望，登舟的旅人已渐行渐远了。全词不着一个情字，通篇以景语和人物的活动，从"乡梦"、乡愁到相思，层层递进，写出了旅行中的诗人对"金陵之春"和心上人的思念。

朱栊：红色的窗扉。木兰舟：原意是用木兰树造的船，后来用作船的美称。

李璟（916—961）

　　五代南唐中主，初名景通，字伯玉，彭城（今江苏徐州）人。公元943年即位，都金陵，因受周世宗南征威胁，去帝号。李璟的陵墓顺陵与其父李昇的钦陵，同在南京南郊祖堂山西南麓，是为"南唐二陵"。其词仅存四首，后人将他和其子李煜的作品合刻为《南唐二主词》。

浣溪沙

手卷真珠上玉钩，依前春恨锁重楼。风里落花谁是主？思悠悠。
青鸟不传云外信，丁香空结雨中愁。回首绿波三楚暮，接天流。

　　词中抒写闺中少妇伤春思别之恨，上片写重楼春恨，落花无主；下片写愁肠百结，固不可解。有人认为这首词非一般的对景抒情之作，可能是在南唐受后周严重威胁的情况下，中主李璟借小词寄托其彷徨无措的心情。全词语言雅洁，感慨深沉。"青鸟不传云外信，丁香空结雨中愁"平中见奇，浑然天成，更见作者点虚化实、营造诗境的不凡功力。

　　真珠：这里指以珍珠编织之帘。玉钩：帘钩之美称。锁：形容春恨（伤春之愁）笼罩。悠悠：忧思不尽。青鸟：传说中的三足鸟，曾为西王母传递消息给汉武帝，这里指带信的人。云外：指遥远的地方。丁香结：丁香的花蕾、花串，此处用以象征愁心。三楚：三楚地域，说法不一。江陵（今湖北江陵一带）为南楚，吴（今江苏吴县一带）为东楚，彭城（今江苏铜山县一带）为西楚。（据《汉书·高帝纪》注）

李煜（937—978）

南唐最后一位国君，初名从嘉，字重光，号钟隐、莲峰居士，祖籍彭城。北宋建隆二年（961年）继位，尊宋为正统，岁贡以保平安。开宝八年（975年），宋军攻破金陵，李煜被迫降宋，被俘至汴京（今开封）。太平兴国三年（978年）死于汴京，世称南唐后主。李煜精书法、工绘画、通音律，诗文均有造诣，尤以词的成就最高。亡国后词作更是题材广阔，含意深沉，晚唐五代词中别树一帜，对后世词坛影响深远。

望江梅（二首）

闲梦远，南国正芳春。船上管弦江面绿，满城飞絮滚轻尘。忙杀看花人。
闲梦远，南国正清秋。千里江山寒色暮，芦花深处泊孤舟。笛在明月楼。

《望江梅》是李煜亡国入宋后的记梦之作，借梦境追忆江南的春花与秋月，表达囚居生活中的故国情思和现实痛苦。两首都以"闲梦远"起句，"闲"字点染作者忧思的无时无刻，"梦远"寄托他故国不能回，只能梦里相见，心远思长的无奈与酸楚。

两首记梦词，一写"芳春"，一写"清秋"，犹如两幅线条精致、着墨均匀又对比鲜明的工笔画，将作者记忆中的金陵之春与江南秋色刻划得分外撩人。前一幅以"动"取胜，借乐写愁，婉约含蓄；后一幅以"静"传神，借景抒情，吐露忧思。李煜是精通音律、自创词调的高手，也是"看花人"和"孤舟客"，无论是春城的飞絮，还是秋夜的笛声，无不缠绕和萦回着他对南国都城的深深眷恋。

《望江梅》留下了五代南唐"金陵春秋"的缩影，尤其珍贵的是世情与民风，在这位失意天子和"超级词家"的笔下也依稀可见。

浪淘沙

往事只堪哀，对景难排，秋风庭院藓侵阶。一任朱帘闲不卷，终日谁来？

金剑已沉埋，壮气蒿莱。晚凉天净月华开。想得玉楼瑶殿影，空照秦淮！

唐圭璋先生在《唐宋词简释》中评点这首词："此首念秣陵。上片，白昼凄清状况，哀思弥切。起两句，总括全篇。'秋风'一句，补实上句难排之景。秋风袅袅，苔藓满阶，想见荒凉无人之情，与当年'春殿嫔娥鱼贯列'之盛较之，真有天渊之别。'一任'两句，极致孤独之哀。后主入汴以后之生活，于此可见。换头，自叹当年之意气都已销尽。'晚凉'一句，点月出。'想得'两句，因月生感，怅望无极。月影空照秦淮，画出失国后惨淡景象。"

唐先生在《李后主评传》中说："他自迁宋都后，自然是事事不得自由。他看不见江南的人物风景，他也挽不回过去的青春。仅仅有自由的梦魂，时时去萦绕他的故国"；"可想见他孤独的悲哀。李易安所谓'寻寻觅觅，冷冷清清，凄凄惨惨戚戚'的生活，也正是他的写照。"

难排：难以排解。藓侵阶：苔藓长满台阶，借指庭空无人问津。金剑：一作"金锁"，象征南唐的政权。蒿莱：野草、杂草，这里用作动词，意为淹没野草之中。玉楼瑶殿：指南唐都城金陵的宫殿。

虞美人

春花秋月何时了，往事知多少？小楼昨夜又东风，故国不堪回首月明中！

雕栏玉砌应犹在，只是朱颜改。问君能有几多愁？恰似一江春水向东流。

　　这是李煜在宋都汴京被毒死前夕所作的"绝命词"，此时后主归宋已近三年，每日过着"以泪洗面"的生活。在这曲生命的哀歌里，作者从问天到问人，从缩笔寻思到放笔呼号，在两问两答中，通过自然永恒（春花秋月，江水东流）与人生无常（朱颜尽改、往事成空）的鲜明对照，抒发了亡国之君与绝代才人最后的心声。

　　全篇大开大阖，一气呵成，既婉约凄楚、曲折回旋，又不无激越高亢的音调和决绝遒劲的笔势，伴随"满腔恨血，喷薄而出"（唐圭璋先生语），长期积郁在胸中的愁思释放、弥漫在天地之间，"恰似一江春水向东流"——这个富有感染力和象征性的比喻，浓缩着他短短四十一年的生命历程，仍然是从他最熟悉和眷恋的婉约江南而来，又通过他的笔下再回到他日思夜想又不堪回首的故国山河而去，也留给了千秋之下的读者。

　　这首李煜的代表作，被前人誉为"词中之帝"。有评论说，这位词坛大家是"风流才子，误为人主"，也有人说"国家不幸诗家幸"。

　　春花秋月：花和月是春与秋的代表，但在愁人眼中只能平添忧愁。雕栏玉砌：雕花的栏杆、玉砌般的石阶，代指金陵宫殿的建筑精美。朱颜：这里指青春年少。

宋元时期

林逋（967—1028）

北宋诗人，字君复，又称和靖先生，钱塘（今浙江杭州）人。早年漫游江淮间，后归杭州，隐居孤山二十年，终生不仕不娶，惟喜植梅养鹤，时称"梅妻鹤子"。卒后宋仁宗赐谥"和靖先生"。其诗风淡远，有《和靖先生集》。

台城寺水亭

金井前朝寺，林僧问不知。

绿苔欺破阁，白鸟占闲池。

清楚曾经晋，荒唐直到隋。

南廊一声磬，斜照独凝思。

台城寺今已不存，它的前身即梁普通八年所建同泰寺，因在台城内故又有此名。水亭，在台城寺内，作者来到此地想起"金井"（即景阳井，又名胭脂井、辱井）的故事，便问寺僧，寺僧茫然不知；再看"绿苔欺破阁，白鸟占闲池"——和靖先生的诗笔果然不俗，"欺"、"占"二字不但新鲜有趣，而且"动态"十足，让古寺的破阁、荒林也增添了生气。"清楚"、"荒唐"两句，平白如话，却隽永有味，兼有对前朝人物的批评，因为灭了陈朝的隋，也有隋炀帝这个与陈后主同样"荒唐"的主儿，不也"二世而亡"了吗？最后，诗人以寺院中礼佛的磬声，伴随夕阳中他凝神的思绪，也像是一声长长的叹息。

梅尧臣（1002—1060）

北宋诗人，字圣俞，宣城（今安徽宣城）人，因宣城古称宛陵，世称宛陵先生。其诗风格古淡，对宋代诗风转变影响很大，与欧阳修同为北宋前期诗文革新运动领袖。有《宛陵先生集》。

早渡长芦江

带月出寒浦，残星浸水濆。
帆开风色正，舟急浪花分。
雾气横江白，鸡声隔岸闻。
天晴建业近，钟岫起孤云。

长芦江，因长芦寺而得名。长芦寺位于今南京市江北六合区长芦街道，古长芦寺是佛教禅宗著名的寺院之一，始建于南朝梁普通八年（527年），传说"一苇渡江"的达摩祖师夜宿于此，李白、王安石、苏东坡等都曾有写长芦寺的诗作。长芦寺附近的江面（今八卦洲北）昔时为长江主航道，宋仁宗景祐元年（1034年），梅尧臣由河阳县迁知建德县，赴任时顺道返乡宣城经长芦过江而作此篇。

全诗按照自然的时间和空间顺序展开：从带月起航，船出寒浦，到残星落水，浪急帆扬；从穿过江面上的薄雾，到听到江对岸的鸡鸣；从晴朗的江天下越来越近的古都城影，到苍郁的紫金山上袅袅升起的游云……通过这些不断变化的景色，我们能够感觉到回乡途中的作者在飞渡天堑的轻舟上吟诗抒怀的心情：他会想到一苇渡江的禅宗祖师，还是回味古往今来这空阔水天间的英雄故事、日出江花般竞放的千秋雄文与清词丽句……

其实，诗人此行只是一次回乡之旅。他崇尚的是"含不尽之意在言外"，他什么也没有说，他写下的是一首有关大江晨渡的质朴、平易的小诗，如同落星溅起的水濆（pēn，水波），幽然：沉寂又旷远。

王安石（1021—1086）

北宋政治家、文学家，字介甫，号半山，抚州临川（今属江西）人。庆历二年（1042年）进士，神宗朝两度任相，实行变法。封舒国公，改封荆国公，晚居金陵，诗文皆有成就。著有《王临川集》《临川集拾遗》。

泊船瓜洲

京口瓜洲一水间，钟山只隔数重山。

春风又绿江南岸，明月何时照我还。

景祐四年（1037年），十七岁的王安石随父王益定居江宁（今南京），二十二岁中进士之前在金陵读书五年，仕途生涯中还曾三度任职江宁府，他对金陵怀有深厚的感情，早就将她视为"第二故乡"。神宗熙宁二年（1069年），王安石被任命为参知政事（副宰相）；次年被任命为同平章事（宰相），开始推行变法。由于反对势力的攻击，他几次被迫辞去宰相职务。这首诗写于熙宁八年（1075年）早春，正是王安石第二次拜相进京之时。

诗中的名句"春风又绿江南岸，明月何时照我还"千百年来一直为人所传诵。诗中"绿"字将无形的春风化为鲜明的形象，极其传神。从字面上看，作者是流露对故乡的怀念之情，大有急欲飞舟渡江回家和亲人团聚的愿望，其实在字里行间也寄寓着他重返政治舞台、推行新政的坚定信念。

京口：江苏镇江的古称。瓜洲：在长江北岸，镇江对面，今属扬州，京杭运河从这里入江。

桂枝香·金陵怀古

登临送目，正故国晚秋，天气初肃。千里澄江似练，翠峰如簇。征帆去棹残阳里，背西风酒旗斜矗。彩舟云淡，星河鹭起，画图难足。

念往昔，繁华竞逐，叹门外楼头，悲恨相续。千古凭高对此，漫嗟荣辱。六朝旧事随流水，但寒烟衰草凝绿。至今商女，时时犹唱，《后庭》遗曲。

这首词作于王安石第二次被罢相、出知江宁府时期，当时的宋王朝表面上太平盛世、歌舞升平，其实繁华背后隐藏着危机。作者在一个秋日登高望远，通过对金陵风物的赞美和历史兴亡的感喟，寄托了他借古喻今、忧国忧民的炽热情怀。

上片写金陵之景。虽然作者并未交代他"登临送目"的具体起点，但从词中所描绘的故国晚秋、江山夕照的迷人景色来推断，这既是他登临之际的眼前景，也是这位视金陵为"第二故乡"的金陵子弟的"心中景"。"澄江似练，翠峰如簇"是壮阔的背景、远景，从"征帆去棹"到"酒旗斜矗"，是中景、近景。"彩舟云淡"和"星河鹭起"是特写镜头，既流光溢彩又如梦似幻：秦淮画舫像在淡云中游荡，洲头白鹭似从银河里飞起。只有对金陵名胜和古典诗意了然于心，才写得出这样"画图难足"的金陵景、诗中景。

下片抒怀古之情。以"念往昔"掉头，转入对历史的追怀，在"繁华竞逐"的盛世表象下，突出"门外楼头"的故事：借用杜牧《台城曲》"门外韩擒虎，楼头张丽华"句意，指陈后主在结绮阁上与宠妃作乐之时，隋将韩擒虎从朱雀门外拥兵而入。历史上这样的亡国悲恨，难道还少吗？"千古"句起笔高迈，把感叹的深度和力度推向极致（谩嗟：空叹；荣辱：指国家兴亡）。紧接着，"六朝旧事随流水"既点明"借古喻今"的题旨，又呼应上片写景中的"流水"意象，把深深的怀古幽情和现实忧虑，浓缩在眼前的寒烟、衰草和"至今商女、时时犹唱，《后庭》遗曲"里——最后这十二个字，放大了杜枚《泊秦淮》原句中的诗意，更强化了这首词触及现实、警示世人的讽喻性。

难怪周汝昌先生说："王介甫只此一词，已足千古，其笔力之清遒，其境界之朗肃，两宋名家竟无二手，真不可及也！"

南乡子

　　自古帝王州，郁郁葱葱佳气浮。四百年来成一梦，堪愁。晋代衣冠成古丘。

　　绕水恣行游，上尽层城更上楼。往事悠悠君莫问，回头。槛外长江空自流。

　　这首词是王安石晚年罢居金陵时所作。政治上受到压抑，从而优游山水，放情世外，但闲淡中仍有一股难以排遣的郁闷与孤愤。与《桂枝香·金陵怀古》相比，此词的篇幅短，格局小，题旨也不够鲜明、积极，但个性化的特色丝毫未受影响，而且情感充沛，思绪悠远，宛转自如，读来令人感同身受，容易引起共鸣。

　　王安石饱读诗书，又能活用典故。沈乃璋先生评点："这首词在艺术上的突出之处，是善于化解前人的诗文成句，为我所用。信手拈来，协律入乐，俨然已作，并且恰如其分地表达了自己的思想感情，了无斧凿痕，浑然天成，铸造出自己独特的意境。实在是大家手笔。"

　　四百年：从东吴建都于金陵（212年）到隋攻建康灭陈（589年），共三百七十多年，取其约数。恣：无拘束。槛：此处谓栏杆，代指观景处。

定林

　　　　　　漱甘凉病齿，坐旷息烦襟。
　　　　　　因脱水边屦，就敷岩上衾。
　　　　　　但留云对宿，仍值月相寻。
　　　　　　真乐非无寄，悲虫亦好音。

　　定林，寺院名。《建康志》记载，定林寺有二：上定林寺在钟山应潮井后，下定林寺在钟山宝公塔西北。晚年退居金陵的王安石经常来下定林寺一带读书散心作诗。这首五言律诗写定林依山临溪、古木参天的好处与乐趣，寄托了这位"中国十一世纪时的改革家"（列宁语）晚年心境的恬静、淡泊，旷达与自由。

首联从漱饮甘泉清爽了"病齿"、山林久坐能将"烦襟"（胸中烦忧）抛弃写起，肯定这里山好、水好、环境好，有利于养身和养心。颔联写"水边脱屦"与"岩上敷衾"两个简朴、生动的生活细节：前者化用王勃《山林兴序》中"簪裾见屈，轻脱履于西阳；山水来游，重横琴于南涧"，行吟泉畔，水边脱屦（粗麻鞋）看似放达不羁，实际上颇有几分《离骚》的意味；后者暗用古语"独立不惭影，独寝不愧衾"，说自己"就敷岩上衾"（衾在山石上摊衣而卧）意为随遇而安，问心无愧。颈联以"留云对宿"与"值月相寻"写自己与大自然朝夕相处、亲密无间，也是这种内心世界的真实反映。

尾联直抒胸臆，极富理趣。"真乐"一词见于《列子·仲尼》："无乐无知，是真乐真知。"晋张湛注："都无所乐，都无所知，则能乐天下之乐，知天下之知。"诗人退居林下，能乐天下之乐；"真乐非无寄"以"非无"两字更强调"真乐"无所不在，连悲鸣的虫声也让他感到悦耳动听，可见他内心的怡然自得，将贵贱、荣辱、得失，一概付之度外，整个身心都陶醉在定林的山水林壑之美中了。

钟山即事

涧水无声绕竹流，竹西花草弄春柔。
茅檐相对坐终日，一鸟不鸣山更幽。

王安石对龙蟠于石城东北的紫金山情有独钟，"罢相"归来的第二年，就在远离市廛的东郊白塘附近（今南京后宰门地段）开荒种树、造园结庐，作为自己的隐退之所，因地处江宁府城东门至钟山十四里路的半道上，故名"半山园"。据说，当年这里简陋得连道围墙都没有，却有山泉叮咚，四时野趣。半山园主人还常常骑着毛驴在钟山之麓行走，一次有位姓李的地方官来看他，他像个老农似的坐在山路旁与之谈话，该官员看见大太阳晒在他身上,忙叫左右张伞伺候。这位德高望重的前宰相竟说:"不用不用,下辈子若做了牛,整日耕田有得晒呢!"

这首诗就是王安石"山居生活"的一幅小品,全诗景物所围绕的是一个"静"字:涧水无声,春风轻抚,茅檐独对,一鸟不鸣……如此幽闲的意境,表现出诗人神离尘寰、心无挂碍的超脱情怀,但字里行间仍有孤寂、落寞的心情流露。前人曾对照南朝诗人王籍《入若耶溪》的"蝉噪林逾静,鸟鸣山更幽",认为此诗中的"一鸟不鸣山更幽"是"点金成铁"的败笔,但也有评家以王安石推行新法受到很多人反对,"一鸟不鸣"表示自己退居后再也听不到这些攻讦声因而很高兴——真可谓仁者见仁,智者见智。

江亭晚眺

日下崦嵫外,秋生沆砀间。

清江无限好,白鸟不胜闲。

雨过云收岭,天空月上湾。

归鞍侵调角,回首六朝山。

熙宁九年(1076年)到元丰七年(1084年),王安石在金陵城东的半山园度过了九年的退隐生活。六十四岁时得了一场大病后,他舍宅为寺(捐给了佛门)并得到神宗赐匾额"报宁禅寺",自家遂在城南秦淮河边赁屋居住。神宋驾崩后,新法逐项被废,消息传来,安石身心俱疲,每况愈下,不到两年与世长辞。《江亭晚眺》是他晚期的诗作,名满天下也遭毁于当世的王荆公通过对江亭晚眺所见自然美景的描写,抒发了自己眷恋古都金陵风物、流连六朝山水的依依之情。

崦嵫:山名,在今甘肃天水西,传说中的日没之地。沆砀(hàng dàng):白气弥漫貌,这里指江上的水气。归鞍:回去的坐骑,这里指诗人所骑之驴。调角:听到军营里的角声,角声成调,告诉他该回家了。六朝山:金陵的山都有悠久的历史,此处是泛指,但情深义重,与"回首"相连,定格成了诗人心中的特别印象,可谓"诗眼",令人难忘。

苏轼（1037—1101）

北宋文学家，字子瞻，又字和仲，号东坡居士，眉山（今四川眉山市）人。嘉祐二年（1057年）进士。曾上书力言新法之弊，后因作诗刺新法下御史狱，贬黄州。哲宗时任翰林学士，曾出知杭州、颍州，官至礼部尚书。后又贬谪惠州、儋州，历州郡多惠政。与父洵、弟辙合称"三苏"。其文汪洋恣肆，豪迈奔放，与韩愈并称"韩潮苏海"；其诗题材广阔，清新雄健，与黄庭坚并称"苏黄"；词开豪放一派，与辛弃疾称"苏辛"；又工书画，是我国历史上影响深远的文化巨匠。

次荆公韵四绝

其一

青李扶疏禽自来，清真逸少手亲栽。

深红浅紫从争发，雪白鹅黄也斗开。

其二

斫竹穿花破绿苔，小诗端为觅桤栽。

细看造物初无物，春到江南花自开。

其三

骑驴渺渺入荒陂，想见先生未病时。

劝我试求三亩宅，从公已觉十年迟。

其四

甲第非真有，闲花亦偶栽。

聊为清净供，却对道人开。

元丰七年（1084年）秋，苏轼赴汝州上任途中经金陵，逗留月余。时王安石二次罢相后退居金陵，苏学士数次拜谒老丞相。两人虽在政见上观点相左，但在文学和私交上却彼此欣赏。有资料说五年前苏轼因"乌台诗案"下狱，人在江南的王安石曾连夜写信派人飞马进京呈上，信中说"岂有圣世而杀才士乎？"神宗看信，思之再三，下旨将苏轼放了，将其贬为黄州团练副使。这次在钟山下相会自然难得，诗酒酬唱也不少。王安石曾对人夸赞东坡："不知更几百年，方有如此人物！"

而苏轼对比他年长十六岁的"拗相公"的敬重和爱戴，在这篇《次荆公韵四绝》中随处可见，荆公是对王安石的敬称。组诗前两首写王安石半山园居处的环境之美。作者称赞主人的清真风雅，可与王羲之相比：逸少，是王羲之的字；还说四时花木都是主人辛勤筹划，亲手所栽：斫，砍、削；枉，状似榆树，嫩叶可作茶的代用品，枝叶烧成灰可作肥料用。从这些细微处，可见半山园主人的生活俭朴。第三首是为退隐的王荆公画像：他骑着毛驴在野外走，已近十年时光，才有这方天地。如今老病在身，还要劝我买地作宅来做他的邻居，只觉得自己来得太迟了。第四首留下一个珍贵的史实：这座清幽的宅第，并非先生"真有"，就像"闲花"一样，都是"偶得"之物，如今已被主人捐赠给佛门了。作者在这首诗后特别附了注解："公病后，舍宅作寺"。

元祐元年（1086 年）哲宗继位，旧党复辟，新法被全部推翻，王安石在悲愤中离世。时苏轼已回朝，他一改过去的政见，不仅秉持中道主张新法不可尽废，还在草拟的赠太傅敕中高度评价了已经作古的"政敌"和诗友，称其"瑰玮之文，足以藻饰万物，卓绝万物，足以风动四方"。

赴岭表过金陵蒋山泉老召食阻雨不及往

今日江头天色恶，炮车云起风雨作。

独望钟山叫宝公，云间白塔如孤鹤。

宝公骨冷叫不闻，却有老泉来唤人。

电眸虎齿霹雳舌，为余吹散千峰云。

南行万里亦何事，一酌曹溪知水味。

他年若画蒋山图，为作泉公唤居士。

　　绍圣元年（1094 年），年近花甲的苏轼，贬官英州，尚未到任，再贬宁远军节度使惠州安置，这首诗为他赴任时过金陵所作。题中的"岭表"，指五岭外之地，即岭南；蒋山，即钟山。泉老，即诗中的老泉、泉公，时居山中的一位僧人，东坡居士的朋友。他请远来的大诗人去吃饭，却被一场大雨拦在山外。多亏这场大雨，浇开了金陵诗苑中的这朵奇葩。

　　豪放又旷达的诗人因天公不作美而诗兴大发，他首先想到紫金山中"白塔"（即宝公塔）下的南朝奇僧宝志和尚，请他来帮忙对付雷公雨神："独望钟山叫宝公，云间白塔如孤鹤"的画面，极其自然、生动，"宝公骨冷叫不闻，却有老泉来唤人"过渡得也巧妙、现成。紧接着，"电眸虎齿霹雳舌，为余吹散千峰云"，既是天空气象变幻的实写，也可视作对"泉老"佛法功力的赞扬。风住雨停，宾主间已可隔空对话，便有了"诗眼"般关键的两句："南行万里亦何事，一酌曹溪知水味"——曹溪，源出广东曲江县，梁时有僧智药泛舟于溪口，闻其香，尝其味，曰"此水上游有胜地"，至唐时，果有六祖慧能居此大兴佛法。苏轼将自己的谪迁"万里行"比作是一次去岭南（广东）探奇访胜，真可谓旷达之至，而倾诉的对象是金陵僧友泉公，又如此投缘。

　　结句与诗题呼应："他年若画蒋山图，为作泉公唤居士"（居士是东坡自称）——这首诗就是一幅天造地设，又出自大家手笔的气韵生动、情深谊长的山水人物画，留给了钟山，留在了金陵。

秦观（1049—1100）

北宋词人，字少游，一字太虚，号淮海居士，高邮（今属江苏扬州）人。元丰八年（1085年）进士，与黄庭坚、晁补之、张耒并称"苏门四学士"。婉约词派的代表作家之一。有《淮海集》。

还自汤泉十四韵

步晚倦城郭，联骖度巢峨。

天黄云脚乱，村黑鸟翎讹。

潦水侵生路，晴天落漫坡。

澄江练不卷，温井鉴新磨。

渔火分星远，沙鸥散点多。

霸祠题玉箸，龙窟受金波。

琬琰存吴事，儿童记楚歌。

孤龛瘦居士，双塔老头陀。

飞鼠鸣深穴，胡蜂结巧窠。

晚参圆白足，昏梵礼青螺。

云驭沉荒簆，仙春没浅莎。

杖藜从莫逆，谈笑入无何。

惨淡日连雾，萧骚风转阿。

华清俄梦断，回首失烟萝。

汤泉，在今南京浦口区汤泉古镇。作为游览胜地，已有一千多年的历史，南朝宋武帝刘裕、梁武帝萧衍、明太祖朱元璋、宋代名儒王安石、苏轼、秦观、明朝名士陈献章、庄定山均曾前来览胜沐浴，留下了不少诗篇。秦观的这首五言排律，是汤泉记游诗中的名篇。

全诗十四韵，分三个段落。前五韵为第一段，描绘行至汤泉的初步印象：汤泉镇南依老山，北临滁河，地处苏皖边界，历史上隶属多变，北宋至南宋年间，区境曾分属淮南西路和州乌江县及淮南东路真州六合县、滁州来安县，开篇两句中的"城郭"尚待考，"巢（yè）峨"当指老山。中间五韵为第二段，记叙此地悠久的历史和作者在古寺的见闻："霸祠"，霸王祠，为纪念项羽自刎乌江而建，遗址在今安徽和县乌江镇，紧邻汤泉；"玉箸"，指祠内有李阳冰所题篆书"西楚霸王灵祠"。"琬琰"、"儿童"句，意为古碑刻上记载着吴时的事迹，儿童们唱着楚时的歌谣。"孤龛"、"双塔"句，寺僧之事。汤泉镇的惠济寺始建于南朝，初名汤泉禅院，有记载说北宋元祐年间（1086—1094年），高僧忠境扩建原禅院改名为惠济寺；秦观是他的同时代人，诗中提到的"白足"原为南朝高僧昙始的绰号，用在这里应指这位当时的住持了。最后四韵写诗人在汤泉沐浴的体验、与高僧交往和分别时的感受。"杖藜"、"谈笑"两句，记录了这位高僧的音容笑貌，短暂的相处已让他们成为莫逆之交，留宿时也在谈笑中进入梦乡。"惨淡"后四句，描述第二天晨雾弥漫，风起山阿，华清池一样的温泉之旅就此结束了，诗人恋恋不舍地离开了这处让他难忘的仙境。

晴天：《金陵诗词选》注：疑为"晴光"。龛：供奉佛像、神位之台阁。温井、龙窟、金波：均喻指汤泉。飞鼠：蝙蝠。圆：此处指僧人打坐。青螺：青螺状的髻鬟，代指佛像。甃：井壁。仙春：指温泉浴池。莎（suō）：莎草，块根称香附子，可入药。藜：藜杖。俄：短暂。

木兰花慢

过秦淮旷望，迥潇洒，绝纤尘。爱清景风蜩，吟鞭醉帽，时度疏林。秋来政情味淡，更一重烟水一重云。千古行人旧恨，尽应分付今人。

渔村，望断衡门。芦荻浦，雁先闻。对触目凄凉，红凋岸蓼，翠减汀蘋。凭高正千嶂黯。便无情到此也销魂。江月知人念远，上楼来照黄昏。

秦观是婉约派词人中的大家，这首《木兰花慢》是他熙宁九年（1076年）赴江南访友，归程中经过金陵时所作。此时词人尚未到而立之年，但在这首"少作"中那个"淮海秦郎天下士，一生怀抱百忧中"的独特形象已初见端倪，而且个性十足。上片写他在秦淮河边的秋色举目"旷望"，"迥潇洒，绝纤尘"既是对眼前"清景"的赞美，也是他"吟鞭醉帽，时度疏林"自我形象的生动写照。

"秋来政情味淡"和下片的"凭高正千嶂黯"两句中的"政"、"正"二字相通，都是"正是"之意，但带出的"触目凄凉"和凄凉情境中的那个"愁"字却一步步加深。秦观是写"愁"的高手，词中的全部意象都在一个"愁"字上展开：羁旅孤独之愁、深秋凋零之愁、烟水秦淮与千古行人的"旧恨新愁"，全都交织这个"便无情到此也销魂"的"愁境"里，唯有"江月知人念远，上楼来照黄昏"——即便如此，也依然是"伤心千古"（萨都刺语）的秦淮明月。难怪清人冯煦在《宋六十一家词选例言》中提到"淮海、小山，古之伤心人也。"（淮海是秦观的号，小山是晏几道的字）

旷望：极目眺望。吟鞭醉帽：吟诗作词时反复推敲、沉浸其中的情景。衡门：横木为门，指陋舍。浦：水边之地。蓼（liǎo）：多生长在水边的草木植物，开红花或白花。汀：小洲。蘋：水生蕨类植物。

张耒（1054—1114）

北宋文学家，字文潜，号柯山，人称宛丘先生、张右史。楚州淮阴（今江苏淮安）人。熙宁年间进士，历任临淮主簿、著作郎、史馆检讨，以直龙阁知润州。徽宗初，召为太常少卿，为苏门四学士之一。有《张右史文集》。

怀金陵（三首选一）

曾作金陵烂漫游，北归尘土变衣裳。

芰荷声里孤舟雨，卧入江南第一州。

张耒虽为苏门四学士之一，但在诗风上受白居易、张籍影响较大，平易流畅。这首七绝像一幅清新、质朴的写意画，回忆早年的金陵游。先以"烂漫"二字突出此游的美好与自在，再以"北归尘土变衣裳"这个典型细节作为对照（北方有风沙，干旱多尘），反衬出南方水乡的清洁和秀美；然后再呈现全诗的中心意象——乘一叶扁舟，在雨打绿荷的乐曲声中"卧入江南第一州"，何等惬意、何等舒爽！其中的妙处，全在人与自然的贴近和契合上：没有这个放松身心、悠哉悠哉的"卧"字，此情此景要大打折扣。

芰：菱角之一种，四角为芰，两角为菱。芰荷：这里指出水的荷叶。

周邦彦（1056—1121）

北宋词人，字美成，号清真居士，钱塘（今浙江杭州）人。官历太学正、庐州教授、知溧水县等。精通音律，徽宗时在大晟府（最高音乐机关），审古乐，制新调，对词乐的发展多有贡献。格律谨严，曲丽精雅，为格律词派所宗。被誉为"词家之冠"、"词中老杜"，今存《片玉集》。

满庭芳·夏日溧水无想山作

风老莺雏，雨肥梅子，午阴嘉树清圆。地卑山近，衣润费炉烟。人静乌鸢自乐，小桥外、新绿溅溅。凭栏久，黄芦苦竹，疑泛九江船。

年年，如社燕，飘流瀚海，来寄修椽。且莫思身外，长近尊前。憔悴江南倦客，不堪听急管繁弦。歌筵畔，先安簟枕，容我醉时眠。

元祐八年（1093年），周邦彦从京城被贬外放，为溧水（今属南京）令。溧水县城背靠无想山，山林葱郁，湖光山色融为一体，环境优雅宜人。江南梅雨时节，一个天空放晴的日子，作者在赏心悦目和"地卑"、衣湿的环境里，曲折委婉地道出他内心深处的孤愤与悲凉，表达一个"憔悴江南倦客"哀乐无端的矛盾思绪，同时也写出了江南风物的依依可人。

上片写凭栏所见：先写初夏午后的恬淡风光，继而埋怨卑湿之地的令人不适，又通过一幅"人静乌鸢自乐"的轻松图画，将自己的处境与当年被贬九江的白居易相比。下片记凭栏所想，抒逐客之悲：以飘流的"社燕"自比，将为宦喻为寄人篱下，连自己最喜爱的音乐都"不堪听"了，只好在酒里寻求暂时的超脱，恐怕也是山名"无想"带来的感触吧。

风老莺雏：幼莺在暖风里长大，此句与"雨肥梅子"相映成趣。午阴嘉树清圆：中午阳光下，树影清晰又圆正。黄芦苦竹：出自白居易《琵琶行》"黄芦苦竹绕宅生。"社燕：社，本意是对土地神的祭祀。燕子春社时来，秋社时去，故有"社燕"之称。这里是作者自比。瀚海：沙漠，指荒远之地。修椽：长椽子，意指燕子营巢。尊：同樽，盛酒的器具。急管繁弦：形容各种乐器同时演奏的热闹情景。

叶梦得（1077—1148）

宋代词人。字少蕴，晚号石林居士，苏州吴县人。绍圣四年（1097年）进士，南渡之初，官至江东安抚大使兼知建康府，总四路漕计，为支援抗金做过重要贡献。词风简淡，感怀国事有雄杰之气。有诗集《建康集》。

水调歌头

九月望日，与客习射西园，余偶病不能射。

霜降碧天静，秋事促西风，寒声隐地初听，中夜入梧桐。起瞰高城回望，寥落关河千里，一醉与君同。叠鼓闹清晓，飞骑引雕弓。

岁将晚，客争笑，问衰翁：平生豪气安在？走马为谁雄？何似当筵虎士，挥手弦声响处，双雁落遥空。老矣真堪愧，回首望云中！

叶梦得是朝廷重臣，又是北宋南渡词人中的前辈，此词约作于绍兴八年（1138年），作者知建康府时期。当时北方大片国土为金兵所据，只拥有半壁河山，建康已成为南宋王朝扼江守险、支援北伐军需的重镇。

上片起首即写寒霜陡降，"秋事"（指秋收、制寒衣等）急迫，表达了冬之将至，作者对前方将士的深切关注。"寒声"不是一响而过，而是从"隐地初听"到"中夜入梧桐"让他难以入眠，熔情于景，忧心感人。"起瞰"句写为排遣国土沦丧、山河破碎的沉痛，借酒消愁，与客同醉。至"叠鼓"句，词意顿时扬起，演武场上紧张而热烈。

下片写西园习射。座中客正当盛年，武场较胜，欢谈笑语，争相夸美，不禁引起迟暮之年的词人对往事的回忆，使他以自诘的语气喟叹英雄已老，羡慕"当筵虎士"英武骁勇报国有期。结尾两句，以慷慨悲凉的笔触，感愧老病，不能报效祖国于疆场，只好回首长望北方的云中郡，那魏尚和李广奋勇抗击过匈奴的土地。

此词为叶梦得的代表作之一。全词笔力雄健，词情沉郁而又苍健，显示了作者高超的艺术功力和"烈士暮年，壮心不已"的爱国情怀。

李清照（1084—约1151）

宋代女词人，号易安居士，齐州章丘（今济南章丘）人。婉约词派代表，有"千古第一才女"之称，中国文学史上最负盛名的女作家。早年家境优裕，南渡后其夫赵明诚客死金陵，清照只身漂泊于杭越一带。能诗工文，尤以词名世。作《词论》提倡"词别是一家"之说。后人辑有《漱玉词》《李清照集校注》。

临江仙

庭院深深深几许？云窗雾阁常扃。柳梢梅萼渐分明。春归秣陵树，人老建康城。

感风吟月多少事，如今老去无成。谁怜憔悴更雕零。试灯无意思，踏雪没心情。

此词作于建炎三年（1129年）早春，是李清照南渡后第一首有准确纪年的词作。从结句中"试灯"二字看，应在元宵节前后。首句仿欧阳修的《蝶恋花·庭院深深深几许》，借用前人的名句，与只写少妇伤春的欧词不同，李词吟唱的是一个时代的悲剧：对南渡以后流离迁徙、岁月蹉跎的深沉悲叹，表达了无数中原人士渴望恢复失地、重返家园的共同心声。

正值春回大地，词人却闭门幽居。"庭院"句，连叠三个"深"字，从表象看，是写作者个人的生活起居，其实暗含隐喻的春秋笔法，因为当时权奸当道，爱国有罪，无人敢言兵，只能深藏不露，"云窗雾阁常扃"也出自同一机杼，孤寂与忧愤之情在内心涌动。接下去的"柳梢梅萼"句，以景语的铺陈且渐次"分明"，如同说知我者只有草木了，反衬主人公的压抑和积郁的不得不发，其结果便是点睛之笔的推出和全词境界的洞开："春归秣陵树，人老建康城"——秣陵与建康，虽同指金陵，但其内涵、外延与字面意思仍有差别，只有并用才能够更充分、更生动地反映作者此时此刻的内心活动，她无比牵挂的家事、国事和天下事……不熟悉情况者不能道，非大家手笔不能为。

有评家说，这首词的上片含蓄内敛，以"境界"胜，下片直抒胸臆，以"言情"胜。从"感风吟月"到"老去无成"、"憔悴更凋零"，寥寥数语，高度概括了词家南渡前后的心路历程。最后，作者以形同白话的"试灯无意思，踏雪没心情"道出，看似乍然、突兀，其实老到、自然又鲜活，在"当止即止"处，非常独特地完成了两宋之交风诡云谲、苍凉沉郁的历史背景下，一幅易安居士凄婉人生最真实、最到位的"诗意自画像"——既是她震撼人心的"千古一叹"，也具有超越时空的艺术美感。

云窗雾阁：云雾缭绕的窗室，原义形容楼阁之高，此处喻指庭院之深、愁云之重。扃：关闭。雕零：凋零。试灯：正月十五元宵节之夜，张灯以祈丰稔；节前张灯预赏谓之试灯。

陆游（1125—1210）

南宋诗人，字务观，号放翁，越州山阴（今浙江绍兴）人。高宗绍兴年间应礼部试，为秦桧所黜，孝宗即位，赐进士出身。中年入蜀，先后参加王炎、范成大幕府，投身军旅生活。嘉泰二年（1202年）奉诏入京，主持编修《两朝实录》和《三朝史》。晚年隐居山阴乡间，是文学史上少有的高龄与高产作家，今存诗九千余首。有《剑南诗稿》《渭南文集》《南唐书》《老学庵笔记》等。

登赏心亭

蜀栈秦关岁月遒，今年乘兴却东游。

全家稳下黄牛峡，半醉来寻白鹭洲。

黯黯江云瓜步雨，萧萧木叶石城秋。

孤臣老抱忧时意，欲请迁都涕已流。

这首七律是淳熙五年（1178年）陆游奉诏从巴蜀回临安（今杭州，南宋都城）沿江东下途经建康（今南京）时所作。诗人结束了他在四川、陕南度过的八年外放和军旅生涯，带着全家人又回到他眷恋和挚爱的江南故地。登上尽览金陵大江风景的赏心亭，他的心情是激动又愉快的，但"黯黯江云"和"萧萧木叶"所带来的阴雨天气和萧杀秋色，却让他想起十多年前上书"迁都"的沉痛事和更加深重的时局之忧，年过半百的老臣不禁涕泪交流。

建都建康是岳飞、李纲、胡铨等南宋主战派人士的一贯主张，隆兴元年（1163年）陆游任镇江通判时，就曾上书提出"迁都建康"的建议，非但没有被采纳，反而遭贬。建都问题是和、战两派争议的焦点之一，此时已经定都临安多年，诗人还念念不忘"迁都"之事，准备在这次回京应诏时再次提出，可见其"忧时"之心的炽烈与执着。

黄牛峡：位于西陵峡中段，在湖北宜昌，此峡水流湍急。瓜步：瓜步山，在长江北岸六合境内，与南京隔江相望。

范成大（1126—1193）

南宋诗人，字至能，晚号石湖居士，平江府吴县（今江苏苏州）人。绍兴进士，曾出使金国，不辱使命而归。历任多处地方官，晚年退居石湖。与杨万里、陆游、尤袤合称南宋"中兴四大诗人"。著有《石湖居士诗集》，《石湖词》等。

望金陵行阙

圣代规模跨六朝，行宫台殿压金鳌。

三山落日青鸾近，双阙清风紫凤高。

石虎蹲江蹯王气，玉麟涌地镇神皋。

太平不用千寻锁，静听西城打夜涛。

乾道六年（1170年），范成大出使金国，不辱使命而为满朝称道。出使期间有诗记录他在北方的见闻和感受，如《舟桥》："天桥南北是天街，父老年年盼驾归。忍泪失声询使者，几时真有六军来。"与诗人这种念念不忘故国的情怀相比，丧权辱国、贪图享受的统治者却是"暖风熏得游人醉，直把杭州作汴州"。

宋室南渡后，高宗以建康为行在所，后来迁都临安，又以建康为陪都，并在此大兴土木，建造行宫。这首《望金陵行阙》就是针对此事而写。行阙，行宫前的阙门，这里代指行宫。诗中的"金鳌"、"青鸾"、"紫凤"，都是帝王御用的装饰品，用来极言金陵行宫的"规格"之高、"规模"之大。"石虎"、"玉麟"句则以"虎踞龙盘"的金陵形胜，来衬托行宫建筑的富丽堂皇与偏安江南的升平气象。"神皋"，神州大地。"千寻锁"：吴国建平（今四川巫县）太守吾彦用铁链锁长江，阻挡敌船从上游来攻（寻，八尺为一寻，形容其长），结果被晋将王濬用大火炬灌以麻油烧断。"太平"句意为如今天下太平，可以不用此锁了；"静听"句暗用刘禹锡《石头城》"潮打空城寂寞回"句意，讽刺和警示的意味更加明显。

杨万里（1127—1206）

南宋诗人，字廷秀，号诚斋，吉州吉水（今江西吉水县）人。绍兴二十四年进士，曾任秘书监，官至宝谟阁直学士。名列"中兴四大诗人"，创造了清新自然，富有幽默情趣的"诚斋体"，尤以七言绝句见长。著有《诚斋集》等。

寒食前一日行部过牛首山

出了长干过了桥，纸钱风里树萧骚。

若无六代英雄骨，牛首诸山肯尔高。

牛首山，在南京市西南，双峰角立，形如牛首，故名。此山势险要，东晋丞相王导，曾指为天阙，故又名"天阙山"。南宋建炎四年（1130年）岳飞在此大破金兀术。行部，是作者的任所，巡行所属部域，考核政绩。这首诗正是作者因公务清明节前过牛首山所作。

诗中描绘金陵城外清明时节的扫墓风俗。出城之后，就看到原野上未烧尽的纸钱灰在春风里飞舞，山林里穿过飒飒的风声。诗人深有感慨地说：这片郁郁葱葱的青山绿水，可是六代英雄的埋骨地——如果没有他们的牺牲，有"天阙"之称的牛首山，在今人心目中的地位也不会如此之高！

长干：长干里，在南京城南，长干桥，跨秦淮河。萧骚：风吹树木，萧条凄凉。六代：即六朝。

张孝祥（1132—1169）

南宋诗人，字安国，别号于湖居士，历阳乌江（今安徽和县乌江）人，生于明州鄞县（今浙江宁波），少时举家迁居芜湖。为唐诗人张籍之七世孙。绍兴二十四年（1154年）状元。孝宗时，累迁中书舍人、直学士院，领建康留守等，有政绩。英年早逝，葬南京江浦老山。有《于湖居士文集》《于湖词》。

六州歌头

长淮望断，关塞莽然平。征尘暗，霜风劲，悄边声，黯销凝。追想当年事，殆天数，非人力。洙泗上，弦歌地，亦膻腥。隔水毡乡，落日牛羊下，区脱纵横。看名王宵猎，骑火一川明。笳鼓悲鸣，遣人惊。

念腰间箭，匣中剑，空埃蠹，竟何成！时易失，心徒壮，岁将零，渺神京。干羽方怀远，静烽燧，且休兵。冠盖使，纷驰鹜，若为情。闻道中原遗老，常南望翠葆霓旌。使行人到此，忠愤气填膺，有泪如倾。

这首词作于隆兴元年（1163年），张孝祥任建康留守时所写。是年，南宋出师北伐的军队在符离战败，朝野震动。孝宗的抗金意志一时动摇，朝中主和派得势，派人与金议和。在一次宴席上，孝祥感咏时事，即席赋此词，一气呵成。上片叙战事、论敌情，着重写沦陷区的凄凉景象，下片发感慨，抒胸臆，倾吐壮志未酬的"忠愤之气"（曹济平先生语）。

长淮：指淮河。绍兴十一年（1141年）与金和议，以淮河为宋金分界。悄边声：此处指对敌人放弃抵抗。当年事：指靖康二年（1127年）中原沦陷的靖康之变。洙泗上：此句的意思是说连孔子故乡（礼乐之邦）亦陷于敌手。毡乡：指金国。区（ōu）脱纵横：土堡很多；区脱，匈奴语称边境屯戍或守望点。名王：指敌方将帅。宵猎：夜间打猎。骑火：举着火把的马队。干羽方怀远：用文德以怀柔远人，谓朝廷正在向敌人求和。静烽燧：停火无战事。冠盖：这里指求和的使者。驰鹜：奔走忙碌。若为情：难堪。翠葆霓旌：皇帝的仪仗，代指"王师"（南宋军队）。

辛弃疾（1140—1207）

南宋词人，字幼安，号稼轩，历城县（今属山东济南）人，两宋豪放派词人代表，与苏轼合称"苏辛"，与李清照并称"济南二安"。少年参加抗金义军，不久投归南宋，曾任江西安抚使、福建安抚使等职。一生力主抗金北伐并提出有关方略，但遭当权者猜忌、打击。辛词现存六百多首，是两宋存词最多的作家，题材广阔，形式多样，不拘一格，有"词中之龙"美誉。著《稼轩长短句》《美芹十论》《九议》等。

水龙吟·登建康赏心亭

楚天千里清秋，水随天去秋无际。遥岑远目，献愁供恨，玉簪螺髻。落日楼头，断鸿声里，江南游子。把吴钩看了，栏杆拍遍，无人会，登临意。

休说鲈鱼堪脍，尽西风，季鹰归未？求田问舍，怕应羞见，刘郎才气。可惜流年，忧愁风雨，树犹如此！倩何人换取，红巾翠袖，揾英雄泪？

此词作于淳熙元年（1174年），作者被授为江东安抚司仪参议官再次任职建康时，是稼轩早期词中最负盛名的一篇，艺术上也渐趋成熟境界。有论者评说它"豪而不放，壮中见悲，力主沉郁顿挫"。

上片以山水起势，雄浑而不失清丽；"遥岑远目"以实带虚，"献愁供恨"迫近题旨。以下六个短句，自"落日楼头，断鸿声里"起一气呵成，阔大苍凉的背景上，将一个"把吴钩看了，栏杆拍遍，无人会，登临意"的江南游子的身影，刻画得神肖毕现，成功地创造出一个英气勃发、悲愤不平的爱国志士的鲜明形象。下片抒怀，言其壮志难酬之悲。不用直笔，连用三个典故，借历史人物张翰、刘备、桓温，以一波三折、一唱三叹手腕出之。结尾叹"倩何人唤取，红巾翠袖，揾英雄泪"，接上片"无人会，登临意"。全词既有"慷慨纵横"的豪迈之气，又有"秾纤绵密"的幽婉之情，让千秋之下的读者都能身临其境，感受到词人胸中那片壮怀激烈又刚柔并济的"稼轩之美"。

遥岑：远山。玉簪螺髻：碧玉簪和螺旋盘结的发髻，这里形容远山秀美。

断鸿：失群的孤雁。吴钩：吴地所制兵器，这里指佩剑。鲈鱼堪脍：晋人张翰（字季鹰）在洛阳做官，秋风起想到家乡吴中的美味，弃官而归。求田问舍：许汜向刘备抱怨陈登看不起他，刘备批评许汜在国家危难之际只知置地买房，所以被君子所耻笑。树犹如此：晋桓温北伐经金城，见从前所植柳树已长得十分粗大，慨然叹道："木犹如此，人何以堪！"倩：请托。红巾翠袖：代指女子。揾：擦拭。

太常引·建康中秋夜为吕叔潜赋

一轮秋影转金波，飞镜又重磨。把酒问姮娥：被白发、欺人奈何？
乘风好去，长空万里，直下看山河。斫去桂婆娑，人道是、清光更多！

这首中秋抒怀的小词，与前一首《水龙吟·登建康赏心亭》写于同一年。吕叔潜（名大虬）是作者的朋友，辛词既为友人而赋，也自吐悲愤，自抒豪情。全词充满了奇思妙想，基调与前词的悲凉沉郁不同，转变为奋发乐观。淳熙元年（1174年）那轮升起在金陵上空的中秋明月有福了，因为这位爱国词人的吟唱，永远留在了华夏儿女世代相传的"月光曲"里。

全篇紧扣中秋月着笔，开篇就以"秋影转金波，飞镜又重磨"的皓月意象，动人遐思，引起悠悠岁月之联想：词人从故乡南来已有十多年了，人未老，鬓有丝，因此"对镜"揽照再"把酒"问月，隐寄壮志未酬、韶华虚掷之恨。下片乘风凌空，俯瞰山河，寓鹏飞万里之志于字里行间。结句奔月斫桂，清代周济在《宋四家词选》评说：斫桂一词"所指甚多，不止秦桧一人。"杜甫在《一百五日夜对月》诗里写道："斫却月中桂，清光应更多。"这里作者用"人道是"三个字，表示前人曾说过。就这样，把铲除投降派的阻碍，才能取得抗金和收复中原事业胜利的题旨巧妙而含蓄地寓于形象之中，拓宽和加深了这首小词的思想内涵。

姮娥：嫦娥，此处指月。白发欺人：白发日增，似有意欺人。斫：砍。桂婆娑：这里指月中桂；婆娑，枝叶飘舞貌。

祝英台近·晚春

宝钗分，桃叶渡，烟柳暗南浦。怕上层楼，十日九风雨。断肠片片飞红，都无人管，更谁劝、啼莺声住！

鬓边觑，试把花卜归期，才簪又重数。罗帐灯昏，哽咽梦中语：是他春带愁来，春归何处，却不解带将愁去！

这是一首抒写别情的闺怨词。起首三句，点明离别的时间、地点，意象中已含柔情缱绻。"怕上"二句，写别后境遇之凄凉冷清。"断肠"句感叹春之迟暮，迁怒"莺声"啼老了春光，无理而富有情趣。下片前三句，写闺妇以花卜归期，细腻逼真，表达思念之殷。"罗帐"以下，怨春、怀人，极尽幽怨缠绵之致。春带愁来而"不解带将愁去"，这是"痴语"，更是情语。清人沈谦《填词杂说》有言："稼轩词的激扬奋厉为工，至'宝钗分，桃叶渡'一曲，昵狎温柔，销魂意尽。词人伎俩，真不可测。"当代学者常国武先生评论此词是"辛弃疾婉约风格中最为脍炙人口的一首杰作，即使置之五代、北宋典型的婉约派词中，也属上乘之作"。

宝钗分：古代男女离别，有分钗赠送的习俗，南宋犹盛此风。钗：女子头饰物。桃叶渡：晋王献之送别爱妾桃叶之渡口，在秦淮河边。南浦：水边，泛指送别的地方。断肠：多用以形容悲伤到极点。飞红：飘落的花瓣。鬓边觑：觑为细看、斜视之意，斜视鬓边所插之花。花卜归期：用花瓣的数目，占卜丈夫归来的日期。簪：作动词用，意思是戴簪。罗帐：古代床上的纱幔。是他："他"明指春，暗指梦中人。此后三句，均为思妇的梦中语。

曾极（约 1168—1227）

南宋诗人，字景建，临川（今属江西）人，曾向理学家朱熹问学，与刘克庄、戴复古等江湖派诗人多有交往，宋理宗宝庆三年（1227年）江湖诗案中，其诗句"九十日春晴景少，一千年事乱时多"被指为谤毁时政，贬至湖南春陵，不久便死于该地。有《春陵集》今已不存。

金陵百咏（选三首）

覆舟山

在城北五里，晋北郊坛、宋药园垒、乐游苑、冰井、甘露亭皆在此山。

六代兴亡貉一丘，繁华梦逐水东流。
操蛇神向山前笑，三百年来几覆舟。

覆舟山现称九华山，是钟山山脉西走入城的第一山丘，因临玄武湖一侧陡峻如削，像一只倾覆的行船，古称覆舟山。作者在诗前小序中所列，皆为六朝时期名胜。这首诗的亮点在于以"覆舟"二字做借古讽今的文章，将历代昏君比作一丘之貉。操蛇神：山神，它也是历史的见证者。

新亭

青山四合绕天津，风景依然似洛滨。
江左于今成乐土，新亭垂泪亦无人。

新亭：在建康城西南，是东晋时期南渡人士怀念中原的对泣之处。洛滨：指洛阳，亦代指中原。江左：江南。南宋偏安，权贵们"乐不思蜀"，作者借"新亭"故事提醒世人。

王荆公书堂

致君尧舜事何难，投老钟山赋考槃。

愁杀天津桥上客，杜鹃声里两眉攒。

荆公：对王安石的敬称，因其被封荆国公。考槃：《诗经·卫风》中的篇名，吟咏志在山水间的自由生活，抒发了对隐士的赞美。天津桥：在古都洛阳，是一种历史文化的象征，天津桥上客，多指朝臣。此篇用意在王安石晚年隐居钟山，也仍为国事烦忧。

苏泂（约 1170—1284？）

　　南宋诗人，字召叟，山阴（今浙江绍兴）人，其四世祖苏颂是哲宗朝宰相，曾任江宁县令。祖父苏师德亦曾任建康通判，任职期间遍访六朝旧迹萃集为图，受祖父影响，苏泂对金陵名胜兴趣浓厚。约在嘉定十二年（1219 年）入金陵留守幕府。早年即向陆游学诗，与姜夔、赵蕃、刘过等江湖诗人有过从，著《冷然斋集》《金陵杂兴》。

金陵杂兴（选三首）

八十

城西二里楚金陵，吴帝名为石首城。

如今土坞无青草，笑煞当时所必争。

　　石首城，即石头城，在今南京清凉山（古称石头山）。公元前 333 年楚威王在此筑"金陵邑"。公元 212 年吴帝孙权在金陵邑原址筑城，因山而得名。在作者眼中，一片黄土废墟上连青草都不生长，令他好笑：历来的兵家又"争"个什么呢？

九十二

雨花台下百花香，驻马坡前百草长。

若还谷熟人民乐，依旧风流好建康。

　　雨花台在金陵南郊，驻马坡在城西，风景都不错。谙熟金陵掌故的诗人说，如果五谷丰登，百姓安乐，这片江南佳丽地，才是"风流好建康"啊。

一九五

廿载金陵九往返，何如三宿在桑间。

还家更有江南兴，只取诗囊子细看。

这首诗表达了作者数十年间对金陵风物辛勤追索的浓厚兴趣与深深眷恋。三宿：即"三宿恋"，为佛教语，指对世俗的爱恋之情。典出《后汉书》卷三十："浮屠不三宿桑下，不欲久生思爱，精之至也。"唐代李贤注："言浮屠之人寄桑下者，不经三宿便即移去，示无爱恋之心也。"后遂以"三宿恋"喻指对人或事物有眷恋之心。

文天祥（1236—1283）

南宋民族英雄、爱国诗人，初名云孙，字宋瑞，一字履善，自号文山，江西吉州庐陵（今江西吉安）人。宝祐四年（1256年）状元，官至右丞相，封信国公。于五坡岭兵败被俘，宁死不降。至元十九年（1282年）在柴市从容就义。著有《文山诗集》《指南录》《指南后录》《正气歌》等。

金陵驿

草合离宫转夕晖，孤云漂泊复何依。
山河风景原无异，城郭人民已半非。
满地芦花和我老，旧家燕子傍谁飞。
从今别却江南路，化作啼鹃带血归。

祥兴元年（1278年）秋，文天祥在五岭坡兵败被俘后，次年三月，被押解前往燕京，七月路过金陵，在驿站写下这首七律。《正气歌》的作者，也给六朝古都留下了荡气回肠的爱国诗篇。他在这首诗中倾诉了自己忧国忧民的衷肠，也表达了视死如归的决心。

民族英雄文天祥殉难七百多年后的1991年，南京市文管会在东郊宁杭公路附近的金陵驿故址（今南京城东马群蛇盘村）兴建了"文天祥诗碑亭"——当年泣血的诗魂，真的"化作啼鹃"飞回来了，被铭镌成丰碑，矗立在让后人永久纪念与缅怀的风景名胜地上。

草合：草已长满。离宫：即行宫，金陵是南宋朝陪都，故有离宫。旧家燕子：化用刘禹锡《乌衣巷》诗句意，"傍谁飞"与前句"和我老"相对，前者怜己，后者忧民。啼鹃带血：用蜀王死后化为杜鹃鸟啼声泣血的典故，暗喻北行以死殉国，只有魂魄归来。

白朴（1226—1306）

元代诗人、杂剧作家，原名恒，字仁甫，后改名朴，字太素，号兰谷。祖籍隩州（今山西河曲），生于金末，入元不仕，与关汉卿、马致远、郑光祖并称为元曲四大家（另有一说为关汉卿、马致远、王实甫、白朴）。代表作有词《天籁集》及杂剧《梧桐雨》《墙头马上》等。

沁园春

我望山形，虎踞龙盘，壮哉建康。忆黄旗紫盖，中兴东晋，雕阑玉砌，下逮南唐。步步金莲，朝朝琼树，宫殿吴时花草香。今何日，尚寺留萧姓，人做梅妆。

长江，不管兴亡，漫流尽、英雄泪万行。问乌衣旧宅，谁家作主，白头老子，今日还乡。吊古愁浓，题诗人去，寂寞高楼无凤凰。斜阳外，正渔舟唱晚，一片鸣榔。

白朴出身于金国世家，幼时经历战乱，元军攻入汴京，其母被掳，白朴和妹妹被寄养在父亲好友、诗人元好问家。赖元教养，白朴博览史书集传，形成强烈的反对民族压迫的思想，又工词曲，通音律。入元后，他终身未仕，常随金代遗老优游于山水之间，以作词度曲寄托自己的愤慨，一生创作杂剧十六种，另有词集《天籁集》传世。这首《沁园春》是白朴晚年在南京居住时所写，作为来自中原地区的"江南游子"，他对历史文化积淀深厚的古都金陵，表现出孺慕之情，称自己来游是"白头老子，今日还乡"，词中对元代金陵风物民情的描写十分珍贵，"长江，不管兴亡，漫流尽、英雄泪万行"更是词人通晓历史又针对时世的深沉慨叹。

黄旗紫盖：天空出现状如黄旗紫盖的云气，为天子出世的祥瑞之兆。这里指金陵从东晋开始，经过六代繁华，又接南唐，皆有皇都气象。寺留萧姓：萧梁大兴佛教，金陵寺院多为那个年代所建。白头老子：作者自称，白朴移居建康时已 55 岁。鸣榔：以木击船，原为捕鱼入网所用，后以为歌声之节，犹叩舷而歌。

陈孚（1259—1309）

元代诗人、学者。字刚中，号勿庵，台州宁海（今属浙江）人。曾任国史院编修、礼部郎中，出使安南；官至天台路总管府治中。诗文不事雕琢，著有《观光集》《交州集》等。

胭脂井

泪痕滴透绿苔香，回首宫中已夕阳。

万里河山天不管，只留一井属君王。

胭脂井，即景阳宫井，又名"辱井"。公元 589 年亡国之君陈后主携带爱妃张丽华跳进去藏身躲避隋兵的那口枯井，自唐以后的金陵怀古诗中，一再成为后人耻笑和"做诗"的材料。陈孚的《胭脂井》是其中形象特色最鲜明、讽刺和批判的力度也较强的一首。

诗人采取了欲擒故纵的手法，先"设身处地"写当年后主及其嫔妃仓皇落魄的景况，将"泪痕滴透绿苔香，回首宫中已夕阳"的特写镜头推出，仿佛是从他们的视角看去："万里河山天不管，只留一井属君王"——正是这个荒诞不经又现成铁定的"事实"铸成了眼前的"历史名胜"和千古笑柄：天子"管"不了天下，老天也"顾"不上天子。诗人别具慧眼，运思巧妙，道前人所未道，"老题材"同样翻出了"新花样"：平中见奇，尖锐警策。

张可久（约 1270—1348）

元代散曲家、剧作家，字小山，一说字仲远，号小山。庆元路（今浙江宁波）人，与乔吉并称"双璧"，与张养浩合为"二张"。现存小令 800 余首，为元散曲创作的数量之冠。

双调·水仙子
次韵金陵怀古

朝朝琼树后庭花，步步金莲潘丽华，龙盘虎踞山如画。伤心诗句多，危城落日寒鸦。凤不至空台上，燕飞来百姓家。恨满天涯。

散曲，产生于元代，当时通称为"乐府"或"今乐府"，是配合北方流行的音乐曲调而作的歌词。像诗和词一样，它起源于民间又被文人所接受，发展成为一种雅俗共赏的新体诗。散曲有小令（单曲）和套数（多曲）两种基本形式。用"散曲"之称，始于明代。

这首散曲的艺术特色，在于精巧和凝练。作者抒写南宋亡国之恨，借历史故事寄托今日之哀思。历史与现实打成一片，既继承了金陵怀古诗词的反思传统，对唐人绝句也有所借鉴，却又显示出元人小令宛如天籁般的自由和洒脱。

琼树后庭花：陈后主所作，后人多代指靡靡之音和亡国之曲。步步金莲：南朝时齐东昏侯凿金为莲花贴地，令潘妃步行其上。危城：指高高的城墙。空台：此处指凤凰台。燕飞来：此句借用刘禹锡《乌衣巷》诗意。

王冕（1287—1359）

元代书画家、诗人，字元章，号煮石山农，诸暨（今属浙江）人，他出身贫寒，自学成才。性格孤傲，鄙视权贵，为躲避朝廷征聘，隐居会稽山中。有《竹斋集》。

金陵行送余局官

李白题诗旧游处，桃花杨柳春无数。
六代衣冠委草莱，千官事业随烟雾。
大江西下秦淮流，石头寂寞围荒丘。
原田每每尽禾黍，青山不掩诸公羞。
高楼如天酒如海，触景令人生感慨。
红堕香销燕子飞，风流王谢今安在。
我欲去寻朱雀桥，淡烟落日风萧萧。
交疏结绮杳无迹，但见野草生新苗。
小儿纷纷竞豪纵，区区割据成何用。
芙蓉水冷燕支消，千古繁华同一梦。
伤今吊古如之何，头上岁月空蹉跎。
君行喜有丝五绖，宦情不似诗情多。
江南故事可知否？白云霭霭变苍狗。
休论平生锦机手，浩歌且醉金陵酒。

这首歌行体的送别诗，因为写在金陵而且倾注了作者对历史的清醒认识和对现实的高度关注而超越了"送别"的通常意义，可以视为是咏叹元代金陵的一首"史诗"，具有较高的艺术水准和认识价值，是这位自学成才的诗人和书画家留给南京的文学瑰宝。

全诗二十八句，按内容和转韵可分为三段。前八句为第一段，先点明送行处是在李白题诗的凤凰台附近，随之大笔挥洒出一幅"桃花杨柳春无数"而"六代衣冠"与"千官事业"皆成空，唯见"大江西下秦淮流，石头寂寞围荒丘"的金陵山水图画，个中最引人注目的是"原田每每尽禾黍，青山不掩诸公羞"的那个"羞"字，一展笔底的机锋。接下去十二句为第二段，从"高楼如天酒如海，触景令人生感慨"到"芙蓉水冷燕支消，千古繁华同一梦"，连转三韵，起伏跌宕中针对眼前的社会现实，发出了对元代重走六朝老路，权贵们穷奢极侈、豪强们割据称霸的谴责与抨击。最后八句为第三段，作为临别赠言，一韵到底，首尾呼应，收束上文的感慨，在送行的祝福语中也真诚善意地告诫为官的友人当认清时局，择善而从，表达了作者对国家前途的忧虑和失望。

结绮：陈后主为张丽华所修楼名。此处的句意为当年奢华极盛一时，如今虽成野草，但仍有"新苗"冒出。新苗：喻指诗中的"小儿"和"区区"，均是作者对权贵、豪强的蔑称。芙蓉、燕支：化用王安石诗句"水边无数木芙蓉，露滴胭脂色未浓"，燕支同"胭脂"。此句意为荣华富贵，都会化为乌有。丝五纰：语出《诗经·召南·羔羊》，原指官服，此处代指友人履新上任，有祝福之意。霒霒（yāng）：云起的样子。苍狗：白云苍狗，比喻世事变幻无定，不易揣测。锦机手：原指织锦能手，此处喻治国贤才。

萨都剌（约 1272—1355）

元代诗人，字天锡，号直斋，回族（一说蒙古族）。其先世为西域人，出生于雁门（今山西代县），泰定四年进士。授应奉翰林文字，擢南台御史，累迁江南诸道行台侍御史等职，晚年居杭州。有《雁门集》。

满江红·金陵怀古

六代繁华，春去也、更无消息。空怅望，山川形胜，已非畴昔。王谢堂前双燕子，乌衣巷口曾相识。听夜深寂寞打孤城，春潮急。

思往事，愁如织。怀故国，空陈迹。但荒烟衰草，乱鸦斜日。玉树歌残秋露冷，胭脂井坏寒螀泣。到如今只有蒋山青，秦淮碧。

元文宗至顺三年（1332 年），萨都剌调任江南诸道行御史台掾史，移居金陵，该词大约作于此时。作者通过古都山水依旧、六代豪华消歇的对比，抒发了吊古伤今的题旨。全篇融情于景，构成深沉苍凉的意境；直抒胸臆时，激昂低回，磊落旷远。作为少数民族，诗人对历史事件的看法和怀古之情的表达方式，与汉族作家并无二致。这说明我国各民族在长期的民族融合过程中，已具有共同的历史文化意识，逐步形成了统一的中华民族的爱国精神。

畴昔：从前。孤城：一座空城。玉树歌：陈后主作《玉树后庭花》。寒螀（jiāng）：寒蝉。蒋山：钟山。

念奴娇·登石头城

石头城上，望天低吴楚，眼空无物。指点六朝形胜地，唯有青山如壁。蔽日旌旗，连云樯橹，白骨纷如雪。一江南北，消磨多少豪杰。

寂寞避暑离宫，东风辇路，芳草年年发。落日无人松径里，鬼火高低明灭。歌舞尊前，繁华镜里，暗换青青发。伤心千古，秦淮一片明月。

这首词同《满江红·金陵怀古》一样，均为萨都剌广为人知的代表作。作者通过登金陵石头城遗址的所见所感，对于历代王朝的盛衰成败抒发思古之幽，对封建统治者争夺政权的战争残酷性有所揭露，同时也流露出对世事难料与人生无常的伤感。全词采用苏东坡《念奴娇·赤壁怀古》的原韵，却丝毫未受其拘束而有捉襟见肘之感，可谓既依其韵，又得其神，是一次穿越时空的"超级唱和"。因为萨都剌思路开阔，才情横溢，文笔流畅中见奇峭，词境宽广中含精微，泼墨渲染与工笔描绘兼而有之，堪称词人笔下独步千古、浑然天成的豪放派代表作。

天低吴楚：金陵地处东南，吴头楚尾，登高看更觉低平。旌旗、樯橹：指战旗、战船，此处三句状写历史上的战争场面，诗人由眼前景引起的联想。形胜：地理形势优越。消磨：与苏轼词中的"浪淘"含义相近，但更丰富，有磨灭、销蚀、耗尽之意。离宫：行宫，南唐李升曾在清凉山建离宫避暑。辇路：天子车驾所经的道路。松径：松林中的小路。尊：同"樽"，盛酒之器。暗换青青发：黑发在不知不觉中变白了。

明清时期

刘基（1311—1375）

明朝开国元勋，字伯温，青田（今属浙江）人，故称刘青田，明洪武三年（1370年）封诚意伯，故又称刘诚意。通经史、晓天文、精兵法，他辅佐朱元璋完成帝业，被后人比作诸葛武侯。朱元璋亦称"吾之子房也。"在文学史上，刘基与宋濂、高启并称"明初诗文三大家"，有《诚意伯集》。

蝶恋花·蒋山寺十月桃花

度朔移来天上种，绛蕊丹跗，王母亲曾弄。青女素娥为侍从，婵娟独擅三千宠。

回首欢娱谁与共。荒草残烟，冷落秦源洞，阆苑风高迷彩凤，断魂飞入韩凭梦。

蒋山寺，即灵谷寺。原在独龙阜，后因明太祖选做墓地，才迁到今天所在处。蒋山寺桃树在十月开花，是件奇怪的事，过去常作为灾异写入史册，但博闻广识、神机妙算的刘伯温可不这么看。他以欣赏和赞美的语言，加上浪漫主义的想象，为这树"奇葩"写了这首天上人间的《蝶恋花》词，同样不同凡响，为人称道，一直"火红"到今天。

度朔：古代传说东海中的山名，山上有桃树。跗（fū）：此处指花萼。弄：培育。青女：主管霜雪的女神。素娥：嫦娥。婵娟：此处指桃花。秦源洞：桃花源。阆苑：神仙居处，这里指皇宫。高迷彩凤：因为风高（风大）连彩凤也迷失了方向。韩凭：战国时宋大夫，他和娇妻在桃树下定情，后遭不幸先后自杀，他们的故事被写成传奇。

朱元璋（1328—1398）

明朝开国皇帝，字国瑞，原名重八，后取名兴宗。濠州钟离（今安徽凤阳东）人，出身贫苦，少时在皇觉寺为僧，后参加元末农民起义，于 1368 年登基，年号洪武。今存少量诗文。

燕子矶

燕子矶兮一秤砣，长虹作杆又如何？
天边弯月是挂钩，称我江山有几多！

燕子矶作为长江三大名矶之首，有"万里长江第一矶"的称号，位于南京城东北观音门外，是岩山东北的一支，海拔 36 米，山石直立江上，三面临空，形似燕子展翅欲飞，故名为燕子矶。在古代是重要渡口，历代文人题咏颇多，"燕矶夕照"为清初金陵四十八景之一。

野史记载朱元璋作《燕子矶》诗的经过颇为有趣：一群年轻举子在江边以燕子矶为题赋诗，有人将它比作秤砣，做出首句后却无人承接。恰好朱元璋微服出巡至此，即兴续句，三言两语补成全诗。出身贫寒、粗通文墨的朱皇帝，由秤砣想到秤杆：偌大的燕子矶不过是一秤砣，什么东西才能作秤杆呢——"长虹作杆又如何？"好像在问身边的人，又像在望天寻思……到底是扭转乾坤的开国皇帝，一出口便气贯长虹；接下去，便是秤钩和所秤之物了。作为刚打下江山的一代枭雄，其气魄和识见都非同凡响，于是便有了这首民谣体诗歌的最后两句："天边弯月是挂钩，称我江山有几多！"

季伏昆先生评点此诗，说得中肯："我们将这首诗视为奇品，因为它不像一般诗作那样描写燕子矶的地形地貌和雄伟气势，而以奇思妙想和巧比妙喻来抒发自己的一腔豪情。作为一代开国之君的朱元璋，其出身、经历、魄力，皆不是一般封建帝王所能相匹的。他作出这样气势恢宏、以俗为雅的奇丽诗章，也就绝非偶然了。"

高启（1336—1374）

明代诗人，字季迪，号槎轩，长洲（今属江苏苏州）人。洪武初，以荐参修《元史》，授翰林院国史编修官。后因苏州知府魏观在张士诚宫址改修府治获罪被诛，高启曾为之作《上梁文》被疑为歌颂张士诚，连坐腰斩。有《高太史大全集》《凫藻集》等。

登金陵雨花台望大江

大江来从万山中，山势尽与江流东。

钟山如龙独西上，欲破巨浪乘长风。

江山相雄不相让，形胜争夸天下壮。

秦皇空此瘗黄金，佳气葱葱至今王。

我怀郁塞何由开？酒酣走上城南台。

坐觉苍茫万古意，远自荒烟落日之中来。

石头城下涛声怒，武骑千群谁敢渡？

黄旗入洛竟何祥，铁锁横江未为固。

前三国，后六朝，草生宫阙何萧萧。

英雄来时务割据，几度战血流寒潮。

我今幸逢圣人起南国，祸乱初平事休息。

从今四海永为家，不用长江限南北。

洪武二年（1369年），明代开国之初，诗人应征参加《元史》的修撰，怀抱理想，要为国家作一番事业。当他登上金陵雨花台，眺望夕照下的滔滔大江，胸中的诗情和思绪也随之波涛起伏。这首《登金陵雨花台望大江》写得豪情奔放，气势磅礴，是继李白创作《金陵歌送别范宣》之后，金陵诗坛上难得一见的抒写长江题材、涉及历史与时政，呈现大气象、大抱负的七言古风"长歌"。在这首纪游抒怀诗中，诗人不仅感咏金陵形胜、地灵人杰、历史功过，还表达了对祖国统一的礼赞和国泰民安的期盼。高启的诗，深受李白的影响，承接盛唐诗风的余韵，同时也体现了明朝初年开拓进取的时代精神。难怪毛泽东称赞他是"明代最伟大的诗人"。

雨花台：在金陵城南，相传梁武帝时，云光法师在此讲经，落花如雨，故名。瘗（yì）：埋。秦始皇曾在金陵埋金以压王气。佳气：山川灵秀的美好气象，此处指王气。至今王：王，通"旺"。郁塞：忧郁窒塞。城南台：即雨花台。黄旗入洛：黄旗，天子之旗。入洛事系用孙皓卜筮的典故，意为当年卜得青盖入洛，并非吉兆，吴还是为晋所灭。铁锁横江：三国时吴军为阻止晋兵进攻，曾在长江上设置铁锥铁锁，均被晋兵所破。英雄：指六朝的开国君主。务割据：专力于割据称雄。圣人：指明太祖朱元璋。事休息：指明初实行减轻赋税，恢复生产，使人民得到休养生息。四海永为家：用刘禹锡《西塞山怀古》"从今四海为家日"句，指全国统一。

彭泽（1456年前后在世）

明代诗人，字民望，攸（今湖南攸县）人，景泰七年举人，官至应天府通判。与当时文坛领袖李东阳有同乡之谊，交往甚密，酬唱达200首之多，同属"茶陵派"诗友。有《老葵集》。

金陵雨后登楼

醉倚危栏看雨收，分明远树见晴洲。
千年壮丽山为郭，十里人家水绕楼。
燕子近来谁是主，凤凰已去有遗丘。
如何东晋诸名士，却上新亭双泪流。

作者生活在明代中叶的承平时期，又做过应天府通判，在他眼中"山为郭"、"水绕楼"的金陵景象无处不美，但为什么东晋名士却在"新亭"上"对泣"呢？此诗的难得，就在于结句的反问，既有衬托当时太平景象的赞颂之情，也不无"居安思危"的寄托。

醉倚：既是酒后，亦有陶醉在美景中之意。联系此篇题旨，也可理解为酒后吐真言。危栏：高处的栏杆。郭：城墙的外郭或泛指城墙。燕子、凤凰：化用刘禹锡、李白诗意。

储巏（约 1457—1513）

明代诗人，字静夫，号柴墟，南直隶泰州人。先世居毗陵（今常州），元时迁至泰州。五岁读书过目成诵，九岁能写文章，号称"神童"。成化二十一年进士，授南京吏部主事。有《柴墟集》。

过玄武湖

北山飞翠凝吾杯，舟人举棹相徘徊。

城隅挼舵踏冰入，船底轧轧闻春雷。

霜风吹衣衣欲裂，湖天泱漭疑飞雪。

司空劝饮夕郎酬，始觉微酣生颊热。

中流咫尺冰尽开，沙禽水鸟忘惊猜。

新洲昨夜梅花发，暗香偏逐诗人来。

湖波为带城为被，册府图书真得地。

堪笑前朝建此都，只将山水供游戏。

钟山龙蟠几百里，下有龙宫藏剑履。

山中老树尽成龙，夜夜飞来饮湖水。

湖波直与银河通，背城一派垂晴虹。

柏梯高寒石梁迥，十洲三岛神仙宫。

长堤隐隐湖心路，堤上行人自来去。

春风杨柳夏芙蕖，换尽年光颜色故。

世间万物如云烟，湖光山绿只依然。

不及湖中鱼与鸟，涵泳恩波今百年。

明代玄武湖是皇家官府重地，闲人不得入内。寒冬腊月，作者因公干踏冰入湖，观梅赏雪，飞鸟不惊，远望背城垂虹，近看长堤春柳，犹如瀛洲仙境。他尤其对明代有"世界之最"称誉的中国古代规模最大的国家档案馆"后湖黄册库"特别青睐，盛赞它"湖波为带城为被，册府图书真得地。堪笑前朝建此都，只将山水供游戏"。这首三十二句的歌行体长诗，应是玄武湖园林史上第一篇全面描绘它"十洲三岛"美丽景色与明代建制的长篇山水诗。

北山飞翠：钟山的翠色飞过来。棹：划船的工具，形似桨。城隅：城墙拐角。捩舵：转舵。泱漭：茫茫一片。司空劝饮：此句写作者与同僚在舟中饮酒御寒，司空为官名。暗香：梅香，语出"疏影横斜水清浅，暗香浮动月黄昏"（林逋《山园小梅》）。册府图书：明朝在湖内旧洲（今梁洲）建黄册库，藏全国户口赋役登记册。真得地：选对了地方。下有龙宫：指明太祖陵，陵下藏有朱元璋的剑和履。柏梯：松柏高如梯。十洲三岛：汉东方朔《十洲记》说八方巨海中有瀛洲、祖洲等十洲，《史记》称渤海中有蓬莱、方丈、瀛洲三神山。刘宋时曾将湖中陆地谓之三神山。此处均指湖中洲岛。芙蕖：荷花。涵泳：浸润、沉潜。此句借鱼鸟自在水天，赞颂明代开国百年的升平气象。

徐渭（1521—1593）

明代文学家、书画家、戏曲家，绍兴府山阴（今浙江绍兴）人。初字文清，后改字文长，号青藤老人。乡试不第，为浙闽总督胡宗宪幕客，曾参加抗倭斗争。有《徐文长全集》。

观金陵妓人走解

人似明珠马似盘，超腾隐现不离鞍。

各弯镫底罗鞋窄，都在空中翠袖寒。

合掌几回投地去，同心双蝶隔花攒。

莫嫌岁岁频来往，家住金陵自不难。

走解，中国古代的"百戏"之一，起源于金元之时，初为宫廷之戏，后泛称马上技艺表演。这首诗反映了明代金陵的马戏、杂技已具有相当高的艺术水准和观赏价值，诗中记录了由二女童表演的马上动作：合掌投地、双蝶攒花。作者原注：解名"童子拜观音"。

妓人：女艺人，这里指二女童。马似盘：马在环形跑道上飞驰。镫底：（弯身在）马镫下。翠袖寒：（甩在空中的）绿衣袖，让人看了胆寒（惊险）。攒：聚击。莫嫌：此处句意为作者每年都来金陵看杂技，因为别处看不到。

何良俊（1506—1573）

明代戏曲家、诗人，字元朗，松江华亭（今属上海）人。嘉靖中贡生，以荐授南翰林孔目，告病辞归，移居金陵。有《拓湖集》。

听李节弹筝和文文水韵

汩汩寒泉泻玉筝，泠泠标格映清冰。

愁中为鼓秋风曲，不负移家住秣陵。

李节是明代金陵教坊的乐工，他的弹筝表演，赢得了不少文人的赞誉。就在作者做东道主的一次酒宴上，曾任和州学正、书画家文文水（文徵明的次子）做了一首诗："汩汩寒玉泻秦筝，片片清声似断冰。一曲浑疑李凭在，不知秋旅是金陵。"（《和盛仲交，元朗席上听弹筝诗》）。诗中提到的李凭是唐代弹箜篌的高手，李贺曾为他写过名诗《李凭箜篌引》，以李凭赞李节，可见明代的这位李姓乐工也十分了得。何良俊的诗是和文诗人的，步其韵而作。诗中提到的《秋风曲》，有注家称是从北京教坊学得的金元杂剧词曲。从此诗结句"不负移家住秣陵"来看，文人们眼中的明代金陵至少是南方的乐坛重镇和艺术中心。

汩汩：流水声。泠泠：轻妙的样子。标格：风范、风度。

叶向高（1559—1627）

明代诗人，字进卿，号台山，晚年自号福庐山人，福清（今属福建）人。万历十一年进士，两度出任内阁首辅大臣。在任期间大败倭寇、驱赶荷兰入侵者，粉碎其霸占台湾的图谋。万历三十年（1602年），推荐好友沈有容出任福建水师参将率军平倭，东沙大捷后欣然赋诗相赠。后遭魏忠贤排挤去官。著有《说类》。

题方正学先生祠堂

燕歌一曲满都城，大内祟恩火彻明。

无复看书延侍讲，仍传天语劳先生。

两朝事往君恩在，十族烟销诏草成。

为问精灵何处是，雨花台畔子规声。

题中的方正学，即方孝孺，浙江宁海人，字希直，因名其庐"正学"，人称正学先生。洪武中授汉中府教授，惠文帝时为侍讲学士，国家大政往往向他咨询。燕王朱棣起兵，朝廷讨伐诏檄均出其手，亦曾谋划遏止朱棣南下。燕王攻入南京后，欲使先生起草即位诏书，方孝孺宁死不从，哭骂于朝；燕王怒，不仅腰斩于市，而且牵连其亲友学生870余人全部遇害，成为中国历史上唯一一个被"诛十族"的人。死后，他的学生廖永忠之孙廖镛、廖铭拾其遗骨葬于雨花台，祠堂亦在其旁。此诗即为纪念方孝孺而作。

叶向高同为明朝重臣，时隔百五十年后，以诗笔重现"靖难"之役后被朱棣所控制的明都一幕：燕歌满城，宫中大火，惠文帝人已不在（一说自焚而死，一说逃出宫去），方孝孺不忘两朝君恩（明太祖和惠文帝），耳边仍有"天语"相闻，他曾有诗云："细听天语挥毫久，携得香烟两袖归"，终于以"十族烟销"的惨烈践行了自己的诺言，表现出鲁迅在《为了忘却的记念》一文中称赞柔石时说过的那种"台州式的硬气"。明万历年间方孝孺平反后，汤显祖重新为其修墓建祠，清李鸿章在两江总督任上重修。2002 年方孝孺墓再经修整，墓园神道两侧设十二块书画碑、二十六方历代褒奖方孝孺的题字碑，一直延伸到墓冢南侧，成为雨花台下的历史名胜。

　　大内：皇宫。罘罳（fú sī）：宫门外照壁，一作"复思"，这里泛指宫墙。子规：杜鹃鸟，因鸣声凄切，传说它是蜀国国王（名杜宇，号望帝）失国身死后魂魄所化，才悲啼不已。

吴兆（1573 年前后在世）

明代布衣诗人、戏曲作家。字非熊。休宁（今属安徽）人。万历中游金陵，与郑应尼合作《白练裙》杂剧，后死于新会。还著有《金陵》《广陵》《姑苏》《豫章》诸稿。

秦淮斗草篇

乐游苑内花初开，　结绮楼前春早来。

春色染山还染水，　春光衔柳又衔梅。

此时芳草萋萋长，　秦淮女儿多闲想。

闲想玉闺间，　　　罗衣试正单。

芳飔入户吹帷动，　巧鸟当窗搅梦残。

因娇丽日长干道，　相戏相要斗芳草。

芳草匝初齐，　　　茸茸没马蹄。

芳草远如雾，　　　望望迷人步。

将绿将黄不辨名，　和烟和雾那知数。

凤凰台上旧时基，　燕雀湖边当日路。

结伴踏春春可怜，　花气衣香浑作烟。

谁分迟迟独落后，　谁能采采不争前。

袅袅桑间路，　　　佳期何暇顾。

悠悠秦淮水，　　　远道不暇思。

空生谢客西堂梦，　徒怨湘娥南浦离。

未鸣鹧鸪先愁歇，　乍啭仓庚正及时。

正及时，　　　　　先愁歇，

密取畏人窥，　　　疾行防藓滑。

入深翠湿衣，　　　缘高香袭袜。

搴若将何为，　　　束刍欲待谁？

茜红犹胜颊，　　　羡白却惭肌。

薜荔裁衣安可被，菖蒲结带岂堪垂。

盈掬盈襜罗众芳，蛾飞蝶绕满衣裳。

兰皋借作争衡地，蕙畹翻为角敌场。

分行花队逐，　　对垒叶旗张。

花花非一色，　　叶叶两相当。

君有麻与枲，　　妾有菖与蔄。

君有萧与艾，　　妾有蘬与芷。

君有合欢枝，　　妾有相思子。

君有拔心生，　　妾有断肠死。

赢归若个中，　　输落阿谁里。

相向无言转自愁，芳坰过雨忽疑秋。

别本辞根何倚托，倾青委绿满郊丘。

虽残已受妍心惜，纵贱曾经纤手摘。

芍药多情且自留，蘼芜有恨从教掷。

人生宠爱几能终，人心安能采时同。

萦愁结念寻归径，接佩连裙趁晚风。

情知朽腐随泥滓，会化深萤入幕中。

　　"斗草"游戏，自南朝以来就流行于秦淮地区，最早记载有萧梁时期的《荆楚岁时记》："五月五日，四民并踏百草，又有斗草之戏"。起始也许是乡下放牛娃的玩耍，后来却发展到春郊野外"处处踏青斗草，人人眷红偎翠"（宋柳永《内家娇》）。这首歌行体的长诗，细腻传神地描绘了这一淳朴美好、内涵丰富的春日游戏，显示了江南乡土文化的深厚底蕴。吴锦先生称："长诗为明代斗草习俗留下生动的记录，上承唐宋，下接明清，是民俗学的宝贵资料"。

　　南京是唱响世界的中国民歌《茉莉花》的故乡，该民歌的版本之一、源自六合金牛山区的"鲜花调"，原先内容并不限于茉莉花，而是通过多种草花的吟唱表现生活情趣和男女之爱。它大概也属于"斗草"时唱的民歌小曲吧？从这个意义上来推测说，四百多年前的"布衣诗人"吴兆所进行的"采风"创作也是非常有价值的，为我们了解南京民俗文化，包括民间音乐乃至民歌《茉莉花》的起源，留下了一份珍贵的来自中世纪的参考文献资料。

乐游苑、结绮楼：南朝宫苑和名楼。衔：相连接。相要：要，同"邀"。匝 zā：遍，围绕。燕雀湖：即前湖，在今中山门外，明代建宫筑城时所填甚多，故称当日路。可怜：怜爱之意。谢客：指南朝诗人谢灵运，他曾于永嘉西堂得句"池塘生春草"。湘娥：湘夫人。湘君于南浦思之不至。鹈鴂（tí jué）布谷鸟。仓庚：黄鹂。缘高：爬上高（树）。搴若：搴（qiān），采摘。若：杜若，又名竹叶莲，一种花草。茜、薁：均为草名。薜荔（bì lì）：藤本植物。襜（chān）：前襟或围裙。枲（xǐ）：麻之一种。藟（lěi）：一种葛草。若个：指自己的衣襟。蘼芜：香草名，有古诗云"上山采蘼芜，下山逢故夫"，因此草与弃妇相关，谓之蘼芜有恨。化深萤：旧有腐草化萤之说。幕：此处为引申义，遮蔽。

盛敏耕（1546—1598）

　　明代诗人，字伯年，自号壶林，一作壶轩，上元县（今南京）人。诸生，终生不仕，以文名世。亦工诗与散曲。曾读书于永庆山房，与顾起元相互切磋。万历中与李登、王元坤、陈所闻、王元贞等组织白社，研讨诗文。又与李登等同修县志。有《轩居集》等。

三台洞

　　　　洞古山深雾不开，俨然天上望三台。

　　　　石扉藤蔓迷樵路，流水桃花引客来。

　　　　新浸潮痕全失岸，归题诗句半生苔。

　　　　仙人何必寻蓬岛，愿结茅亭伴曲隈。

　　三台洞在燕子矶西，面临长江，背靠观音山（幕府山余脉）。此处有三洞，自东向西分别为头台、二台、三台。三台洞最大，中有流泉台榭，现已辟为公园。此诗写石扉藤蔓、流水桃花，将三台洞比作天上的"三台星"、人间的"桃花源"，赞叹这里的清幽、神秘，如入仙境，使人乐而忘返，生归隐之意。

　　望三台：三台，本为汉代官制，有尚书台、御史台、谒者台。后星象家附会，将北极星座中的第二星称为帝星，其旁三小星，为"三台"。新浸潮痕：长江涨潮时浪拍江岸，潮痕留在崖壁上，因为地理环境改变，今天已不见当年景观。曲隈：曲折隐蔽处。

谈允谦（1596—1666）

明代诗人。字长益，丹徒（今属江苏镇江）人。少年能文，与冒襄、闫尔梅、顾景星、丁耀亢、潘陆等人友善，从事结社活动，以诗文、气节互相砥砺。明亡后，他仍往来于北京、湖广等地，与遗民志士相往还。晚年回乡从事著述。著有《树萱草堂集》《李贺诗注》《山海经注》《三山志》等。其妻钱敬淑，也是一位诗人。

登报恩寺塔

莫疑缔造鬼神工，万物坚持一气中。
吴地有台游白凤，汉宫何处望铜龙。
云间帆动三山月，树外楼开六代风。
异域贡金供铸鼎，低回当日帝图雄。

报恩寺前身是东吴赤乌年间（238—250年）建造的建初寺，因为地处长干里，亦名长干寺，寺内原有阿育王塔。报恩寺塔是明成祖朱棣为纪念明太祖朱元璋和马皇后而建，永乐十年（1412年）于建初寺原址重建，历时达19年，耗费248.5万两白银，10万军役、民夫。大报恩寺琉璃宝塔高达78.2米，通体用琉璃烧制，塔内外置长明灯146盏，自建成至衰毁一直是中国最高的建筑，也是世界建筑史上的名胜，位列中世纪"世界七大奇迹"，被当时西方人视为代表中国的标志性建筑，有"天下第一塔"之誉，是当时中外人士游历金陵的必到之处。

《登报恩寺塔》是现存历史文献中吟咏报恩寺塔的佳作。作者对金陵风物和古都历史怀有深厚的感情，开篇就以道家语赞叹该塔的鬼斧神工和非凡气象，继而结合吴地名胜和汉宫遗物的感叹，从登高远眺到居高临下的俯瞰中，抒发自己对大明王朝已从四海远贡、帝国图雄走向没落、衰亡的忧虑之情。

一气：语出《庄子》："臭腐复化为神奇，神奇复化为臭腐，故曰通天下一气耳。"注曰："通天下万物皆一气之所陶铸。"汉宫：借汉代指本朝是唐宋以来的惯例，因前句指凤凰台，此处应指明故宫，皆为登塔所见。异域：明代南京对外交往密切，此塔为外国使节、商旅必游之地，此句中的"贡金"、"铸鼎"亦指明初鼎盛之时以及塔中所藏之珍宝。下句"低回"意指故国已逝，风光不再。

2008年8月7日，在南京大报恩寺遗址出土的铁函中发现了七宝阿育王塔等一系列世界级文物与圣物，内藏"佛顶真骨"；2011年被评为"2010年度全国十大考古新发现"；2012年作为中国海上丝绸之路项目遗产点列入中国世界文化遗产预备名单。2013年5月，大报恩寺遗址被国务院核定公布为全国重点文物保护单位。

2010年，大报恩寺重建工程被列为南京市城市建设重大项目。2014年3月，大报恩寺轻质保护塔主体完工，该塔共有9层，由轻钢解构和轻质材料筑成。外立面为玻璃幕墙。2015年12月16日，大报恩寺遗址公园举行开园仪式，大报恩寺遗址公园正式对外开放。

史可法（1602—1645）

明末抗清名将、民族英雄，字宪之，又字道邻，祖籍大兴，祥符（今河南开封）人。崇祯元年（1628年）进士，任西安府推官。北京城陷落后，拥立福王于南京，继续与清军作战。官至督师、兵部尚书。弘光元年（1645年），清军围攻扬州，城破后拒降遇害。后人在梅花岭建其衣冠冢，并编其文集《史忠正公集》。

燕子矶口占

来家不面母，咫尺犹千里。
矶头洒清泪，滴滴沉江底。

原诗题下有"时奉召剿左兵"的小序。弘光元年（1645年）的春天，清军已逼近江淮，南明将领左良玉却率数十万兵力，由武汉东下，以"清君侧、除马阮"为名，要攻打南京。当权的马士英命人在江北的史可法撤兵以防左良玉，史可法只得兼程入援，抵燕子矶，以致淮防空虚。后左良玉为黄得功所败，呕血而死，其子左梦庚率部降清。史可法奉命北返，此时盱眙降清，泗州城陷，史可法遂至扬州，拼死抵抗清军进攻。从这段史实来看，《燕子矶口占》应是在史可法"入援"南京抵燕子矶时所作。

军情十万火急，南明内忧外患。一家老小全在城中，近在咫尺也不能回的史可法登上燕子矶头，面对烽火连天的危急时局，俯身大江，感慨万端。这首即兴口占的五言绝句，不但表达了他对母亲和家人的深切思念，更反映了他在国家危急关头深明大义、勇于承担的献身精神。都说"男儿有泪不轻弹"，可诗中的"矶头洒清泪，滴滴沉江底"，是那样的震撼人心！

"扬州十日"过后，人们在梅花岭上建起这位宁死不屈、连尸骸也没有留下的民族英雄的衣冠冢和史公祠。"数点梅花亡国泪，二分明月故臣心"——这是后人题写梅花岭上纪念他的著名联句，可以看作是千秋青史对这首《燕子矶口占》的英雄绝唱所做的最好的注解。

顾炎武（1613—1682）

明末清初思想家、文学家，昆山千灯镇（今属江苏苏州）人，初名绛，字宁人，号亭林。亦自署蒋山佣；南都败后，因为仰慕文天祥学生王炎午的为人，改名炎武。复社成员，鲁王时，与同里归庄起兵抗清。晚岁卜居华阴，誓不仕清。与黄宗羲、王夫之并称为明末清初"三大儒"。著有《亭林诗文集》《日知录》《天下郡国利病书》等。

重谒孝陵

旧识中官及老僧，相看多怪往来曾。

问君何事三千里，春谒长陵秋孝陵。

长陵在北京十三陵，孝陵即南京明孝陵。明亡以后，顾炎武眷怀故国，携书游学，多次"春谒长陵秋孝陵"，同南北两地的守陵太监及寺中老僧都成了旧相识。"问君何事三千里"——是守长陵者对他的发问。守孝陵者呢？顺治八年，顾炎武初谒孝陵，从此寓居钟山下，自名"蒋山佣"，表明自己要做明太祖守陵人的心志。十余年间，他一共七谒孝陵。

三百年明王朝覆亡后，对于清朝初年远在江南的明代遗民来说，明孝陵确实有着异乎寻常的象征意义。对孝陵的拜祭，其实就代表了对故国的追思。在异族统治下和政治威权尚未形成时，对汉民族历史文化的缅怀与守望，也是特定历史时期爱国情感和忠君思想的一种宣泄。

侯方域（1618—1655）

明末清初文学家，字朝宗，归德府（今河南商丘）人，复社领袖。明户部尚书侯恂之子，祖父及父辈都是东林党人，均因反对宦官专权而被黜。与冒襄、陈贞慧、方以智合称明末"四公子"。明亡后流落江南，入清后参加科举，为时人所讥"两朝应举侯公子，忍对桃花说李香"。晚年失悔此举。有《壮悔堂文集》《四忆堂诗集》。

金陵题画扇

秦淮桥下水，旧是六朝月。

烟雨惜繁华，吹箫夜不歇。

侯方域擅长散文，时人将他与魏禧、汪琬并称"清初三大家"，尤以人物传记为人称道。他是李香君的情人，其所作《李姬传》写品行高洁、侠义美慧的李香君，同时也写反面人物阮大铖，有声有色，为孔尚任在戏曲《桃花扇》中塑造人物提供了素材与线索。

这首题画扇小诗，画扇已失传，也不知谁人所画和所画何物，但从诗题中的"金陵"二字和诗的内容看，全篇弥漫着六朝烟水气和秦淮旧时风，那一份思念与感怀是凝重又深切的。想必比他晚数十载的《桃花扇》作者一定读过此诗，对后者构思和创作那出不朽的历史和爱情名剧，也可能起到触发灵感和绮思妙想的"煽风点火"的作用吧？

龚贤（1618—1689）

　　明末清初诗书画家，又名岂贤，字半千，号野遗，又号柴丈人、钟山野老，江苏昆山人，早年曾参加复社活动，晚年结庐清凉山下，名半亩园。与同时活跃于金陵的画家樊圻、高岑、邹喆、吴宏、叶欣、胡慥、谢荪等并称"金陵八家"；与号半隐的吕潜并称"天下二半"。著有《香草堂集》。

西江月

　　新结临溪水栈，旧支架壁山楼。何须门外去寻秋，几日霜林染就。

　　影乱夕阳楚舞，声翻夜月吴讴。山中布褐傲王侯，自举一觞称寿。

　　龚贤早年学画，却先以诗名世，居扬州期间，作诗二百多首，重返金陵后结庐清凉山下已近晚年，仍奋力砚田，专心艺事，终成金陵画派重镇和文坛大家。这首《西江月》既表现了作者隐居山间流连自然的情趣，也可见其鄙弃尘俗、厌恶官场的傲骨。

　　新结、旧支：这两句写居所的经营，尽得山水之乐。楚舞：以楚人之舞形容夕照，言其色彩鲜明。吴讴：吴地之歌轻柔曼妙，比喻月夜风过山林。布褐傲王侯：虽然过着布衣短褐的清苦生活，却自得其乐，也敢笑傲王侯。觞：酒杯。

龚鼎孳（1615—1673）

明末清初诗人，字孝升，号芝麓，安徽合肥人。崇祯七年（1634年）进士，授兵科给事中。李自成入北京时曾授直指使，后降清，官至礼部尚书。与吴伟业、钱谦益并称为"江左三大家"，著有《定山堂文集》《定山堂诗集》和《诗余》。

上巳将过金陵

倚槛春愁玉树飘，空江铁锁野烟消。

兴怀何限兰亭感，流水青山送六朝。

上巳，农历三月初三，是中国古代的传统节日。这一天，人们在水边洗濯污垢，祭祀祖先，叫做祓禊、修禊。文人们也在这一天曲水流觞，饮酒作诗，最有名的例子便是王羲之在《兰亭集序》中提到永和九年（353年）那次会稽山阴的兰亭之会。

这首诗是作者在上巳节经过金陵时所作，他有可能是在舟中观景，也有可能是在江边饮酒，总之金陵的山水在眼前，历史兴亡的感慨涌上心头。诗人在明末、清初和闯王李自成进京时都做过官，称得上是"三朝元老"，怀古思今之情对他来说是深切又沉重的。他想到陈后主的故事，《玉树后庭花》的亡国之音和春愁一起飘荡；想到东吴的败亡，当年的江防铁锁已如野烟般消失，还有他没有说出的大明江山的断送……怀念和感慨之多，早已超过了兰亭歌者的晋时之叹——眼前的"流水"与"青山"已经"送"走了悠悠"六朝"！

梁清标（1620—1691）

明末清初藏书家、文学家，字玉立，一字苍岩，号棠村，一号蕉林。直隶真定（今河北省正定县）人，明崇祯十六年进士，清顺治元年补翰林院庶吉士，授编修，历任宏文院编修、国史院侍讲学、詹事府詹事、礼部左侍郎、吏部右侍郎、吏部左侍郎、兵部尚书、礼部尚书、刑部尚书、户部尚书、保和殿大学士等职。著有《蕉林诗集》《棠村词》等。

柳敬亭南归白下

军中轶事语如新，磊落宁南百战身。

为问信陵当日客，侯门谁是报恩人？

柳敬亭是明末清初的说唱艺人，扬州评话的开山鼻祖，也是南明王朝乱局中的一位风云人物。他曾在被封为"宁南侯"的左良玉军幕中活动，以《三国》《水浒》的谋略战例为这位农民起义军出身的南明将领出谋划策，深得信任。正缘于他长期游走江湖，三教九流，见多识广，各地的方言、大众的爱好和崇尚，都是他所熟悉的，其语言艺术表演的造诣也非同凡响，明代散文家张岱在他的名文《柳敬亭说书》中称："柳麻子貌奇丑，然其口角波俏，眼目流利，衣服恬静，一日说书一回定价一两，十日前先送书帕下定，常不得空。"可见他当年受观众欢迎的程度。冒辟疆也有一首诗称赞他："游侠髯麻柳敬亭，诙谐笑骂不曾停。重逢快说隋家事，又费河亭一日听。"

这首《柳敬亭南归白下》是作者为这位民间艺术家离开北京"南归"（柳是泰州人）送行而作，做过尚书、身为保和殿大学士的梁清标对柳敬亭也十分欣赏。诗中提到的"宁南"即指柳曾事左良玉，是这位"信陵君"的门下客，如今还有谁来报他的知遇之恩呢？

夏完淳（1631—1647）

　　明末诗人，民族英雄，乳名端哥，别名复，字存古，号小隐，又号灵首。松江华亭（今属上海市）人。夏允彝之子，师从陈子龙，"五岁知五经，七岁能诗文"，14岁随父抗清。父殉后，他和陈子龙兵败被俘，不屈而死，年仅十七。柳亚子诗赞："悲歌慷慨千秋血，文采风流一世宗。我亦年华垂二九，头颅如许负英雄。"（《题〈夏内史集〉》）。有《南冠草集》等。

一剪梅·咏柳

　　无限伤心夕照中，故国凄凉，剩粉余红。金沟御水日西东，昨岁陈宫今岁隋宫。

　　往事思量一晌空，飞絮无情，依旧烟笼。长条短叶翠蒙蒙，才过西风又过东风。

　　夏完淳是中国诗史上罕见的少年英雄，以十七岁的年轻头颅和满腔热血，奠祭大明王朝的陨落。他的短暂一生被郭沫若写进历史剧《南冠草》。金陵是他生命的最后一站，从这首《一剪梅·咏柳》词看，也是他"无限伤心"的追悼地和"往事思量"的纪念地，他将全部的才情和依恋都挥洒和寄托在六朝烟水所笼罩的"故国凄凉"中，"剩粉余红"是对暮春残景的描写，更是对金陵沦陷后清兵烧杀掳掠、古城惨遭蹂躏的控诉，"昨岁陈宫，今岁隋宫"既是历史的写照，也是现实的再现。诗人的视线始终紧扣着诗题《咏柳》，从全篇既平缓又坚定，既低回又遒劲的语调和节奏里，我们可以清晰地感受到在写词的这一刻，他已经下定了不辱门庭、以身殉国的决心。

　　历史永远记住夏完淳就义于南京西市的那一幕：临刑的他，立而不跪，神色不变，连凶神恶煞的刽子手都战战兢兢，不敢正视。鲁迅先生说过："我们自古以来，就有埋头苦干的人，就有拼命硬干的人，就有为民请命的人，就有舍身求法的人……他们是中国的脊梁。"——诚哉斯言！

朱彝尊（1629—1709）

清代词人、学者，字锡鬯，号竹垞，又号醧舫，晚号小长芦钓鱼师，又号金风亭长。秀水（今属浙江嘉兴）人。康熙十八年（1679年）举博学鸿词科，入直南书房。曾参加纂修《明史》，为"浙西词派"创始人，与陈维崧并称"朱陈"。清初著名藏书家之一。著有《曝书亭集》《词综》等。

卖花声·雨花台

衰柳白门湾，潮打城还。小长干接大长干。歌板酒旗零落尽，剩有渔竿。秋草六朝寒，花雨空坛。更无人处一凭阑。燕子斜阳来又去，如此江山！

这首词描绘了清兵南侵之后金陵的景象，起笔一个"衰"字，便奠定了全词沉郁凄凉的基调。"潮打城还"化用刘禹锡《石头城》诗意，把读者带入空寂萧条的意境中。接下来写城南从前大街连小街，车水马龙，一派繁华，而今却是"歌板酒旗零落尽，剩有渔竿"。现实与历史的鲜明对照，揭露了战争对千年古城的破坏。下片"秋草六朝寒"语义模糊而意象丰富，一个"寒"字带出这首词的主旨对雨花台的咏叹。"花雨空坛"和"更无人处一凭阑"，用字极为精炼准确，展示词人借景抒情、遒劲醇雅的造句功夫，语虽少却令人黯然伤神。最后以"如此江山"结尾，清厉之音一以贯之。正如前人评说这首词在音调上"声可裂竹"，有扣人心弦的效果。

白门湾：白门，金陵城的西门，白门湾指靠近西门的江湾。小长干、大长干：均为金陵地名，这里泛指长干里，古都金陵的繁华地段。花雨空坛：南朝云光法师说法的讲坛，这里指雨花台，已荒寂成空台。

汪懋麟（1640—1688）

清代诗人，字季角，号蛟门，江都（今江苏扬州）人。康熙六年（1667年）进士，授内阁中书。以刑部主事入史馆充纂修官，与修《明史》，撰述甚多。著有《百尺梧桐阁集》。

秦淮灯船歌

秦淮五月水气薄，榴花乍红柳花落。
新荷半舒菡萏高，对面人家卷帘幕。
晚来列炬何喧阗，鼓吹中流一时作。
火龙一道灯船来，众响喁嘈判清浊。
一人揭鼓扬双锤，宫声坎坎两虎搏。
一人按拍秉乐句，裂帛时闻坠秋箨。
一人小击云锣清，仿佛湘娥曳珠珞。
横笛短箫兼玉笙，芦管呜呜似南龠。
两旁列坐八九人，急羽繁商不相若。
或涩如调素女弦，或溜如啭早春雀。
或缓如咽松下泉，或激如挑战场槊。
有时回帆作数弄，月白沙明叫饥鹤。
六船盘旋系一缆，万点琉璃光灼灼。
牛渚燃犀群怪惊，昆明习战老鱼跃。
众人互奏时一呼，如听宫中上元乐。
吁嗟此声何自来，万历年间逞欢谑。
中山开平盛甲第，富贵熏天凌卫霍。
谢公巷口开画楼，江令宅旁起朱阁。
传宴宾客端阳前，妙舞清歌进金凿。
青溪之南桃叶东，院里名娼好梳掠。
一笑直欲三年留，倒心回肠爱眉角。

珠玉如泥卖歌笑，酒肉成山委溪壑。

流传直到南渡时，万事荒淫付杯杓。

作赋尚留才子名，盘游苦恨宰臣恶。

此时灯船知最奇，此时兵戈已交错。

天心杀运不可回，三十年来莽萧索。

余年童稚不及逢，白头老人说如昨。

今年来游恍梦寐，烽火暗天浑不觉。

纷纷荡子登酒船，岸岸河房动芳酌。

此地有湖名莫愁，我欲言愁恐惊愕。

世人忽忽无远忧，悲歌拔剑地空斫。

嗟我旅人行且归，醉眼迷离石城脚。

　　张岱的《陶庵梦忆·秦淮河房》中记叙："年年端午，京城士女填溢，竞看灯船。好事者集小篷船百什艇，篷上挂羊角灯如联珠，船首尾相衔，有连至十余艇者。船如烛龙火蜃，屈曲连蜷，蟠委旋折，水火激射。舟中鏐钺星铙，宴歌弦管，腾腾如沸。士女凭栏轰笑，声光凌乱，耳目不能自主。午夜，曲倦灯残，星星自散。"这是金陵自古就有的"秦淮灯会"的民间习俗，但有史料说兴于明万历年间，中山王府、开平王府均为积极参加者，直到南明小朝廷风雨飘摇中秦淮河房、秦淮灯船已成为统治者们醉生梦死、夜夜笙歌的奢华享受，跟原来主要在每年春节至元宵节期间举行的民间娱乐活动已大相径庭。

　　这首七言歌行体长诗写于康熙十四年（1675年），长达64句，作者以诗人兼史家的目光与手笔，观察和描绘秦淮河历史上五月端阳盛会奇观，展示了一幅源远流长又富有地方色彩的"秦淮灯船画"与"金陵龙舟图"；同时又以全诗一半的篇幅，从"众人互奏时一呼，如听宫中上元乐。吁嗟此声何自来，万历年间逞欢谑"这几句有关灯船兴起原委的交代和过渡起，将刻画的重点和批判的锋芒转向对"六朝金粉、秦淮风月"本质的揭示、对明王朝衰落和弘光小朝廷覆灭的反思。作者用"珠玉如泥卖歌笑，酒肉成山委溪壑。流传直到南渡时，万事荒淫付杯杓"暴露权贵们的穷奢极侈；用"作赋尚留才子名，盘游苦恨宰臣恶。此时灯船知最奇，此时兵戈已交错"抨击昏君奸臣们的荒唐误国；更以"天心杀运不可回，三十年来莽萧索"的历史教训和"今年来游恍梦寐，烽火暗天浑不觉"的现实忧虑，发出了《秦淮灯船歌》有如《丽人行》和《长恨歌》般深沉有力的"预警"式主题，将唐宋以来中国诗人笔下的"金陵情结"从例行的一般性的"怀古伤今"，推进到越来越紧迫、越来越严酷的现实层面："世人忽忽无远忧，悲歌拔剑地空斫"——延续了千百年的帝都之夜的"富贵熏天"，已快要到它"灯尽油干"的时辰！

菡萏：荷花的花苞。秋箨（tuò）：秋天的竹壳，喻脆弱易落之物。龠（yuè）：古代管乐器，类似笙箫。牛渚燃犀：晋温峤曾于牛渚矶燃犀角照水怪，使其露原形。昆明习战：汉武帝在长安西开凿昆明池，作为训练水军之地，这里系比喻。上元乐：作者原注：大内上元夜奏乐，每一阕乐人呼赞为一节。万历：明神宗年号。杜浚《初闻灯船鼓吹歌》称秦淮灯船兴于万历年间。中山、开平：徐达封中山王，常遇春封开平王，均为明朝开国功臣，其王府在金陵。卫霍：卫青、霍去病，汉代名将，因立战功而封侯显贵。金罍：一种酒器。宰臣恶：指马士英、阮大铖之流。

孔尚任（1648—1718）

清代诗人、戏曲作家，字聘之，又字季重，号东塘，别号岸堂，自称云亭山人。山东曲阜人，孔子六十三代孙。康熙年间授国子监博士，累迁户部员外郎。著有《湖海集》《岸堂文集》《桃花扇传奇》。世人将他与《长生殿》作者洪昇并称"南洪北孔"。

冶城山北望

在山未觉山，宫阙连楼榭。

路出万木尖，人烟乃在下。

烟白木苍苍，长江此中泻。

客帆如浮云，帝城亦传舍。

每于凭眺时，旷然轻王霸。

冶城山，又称冶城，因春秋时代吴王夫差在此设冶炼作坊铸造兵器而得名，遗址在今朝天宫所在的市中心附近，是金陵最早的城邑雏形之一，经历两千五百年风雨变迁，历史文化积淀极为丰厚，因此被称为南京的"母城"。《桃花扇传奇》作者孔尚任的这首《冶城山北望》盛赞旧京胜景，既点出该处因"宫阙连楼榭"而"在山未觉山"的风景特色，又以"客帆如浮云，帝城亦传舍"这一意涵深刻的比喻，道出了他对"九朝都会"历史的感悟，流露出对帝王霸业的轻蔑。

帝城：帝都、京城，这里暗喻皇权。传舍：驿站，供行人止息之所。冶城驿，自古以来就很有名，成语"江郎才尽"的故事就发生在这里。此处的句意是一代代帝王们在金陵建都，变化很快，就像客店里换旅客一样。旷然：豁然通晓。

纳兰性德（1655—1685）

　　清代词人，叶赫那拉氏，字容若，满洲正黄旗人，原名成德，避太子保成讳改名为性德，号楞伽山人。家世显贵，文武兼修，康熙进士，官一等侍卫，多次随康熙出巡，英年早逝。况周颐在《蕙风词话》中誉其为"国初第一词手"。著有《通志堂集》。词集名《侧帽集》《饮水集》《纳兰词》。

金陵

胜绝江南望，依然图画中。

六朝几兴废，灭没但归鸿。

王气倏云尽，霸业谁复雄。

尚疑钟隐在，回首月明空。

　　这首诗写于康熙二十三年（1684年），纳兰性德作为御前侍卫扈从康熙帝南巡时。诗人自幼饱读诗书，又是朝廷近臣和诗词名家，他对"江南佳丽地，金陵帝王州"自然会有独特的视角与观感。在这首高度概括江南形胜、总揽古都风貌的五言诗中，作者慨叹金陵王气不再、霸业凋零的同时，特别提到同为词人的南唐后主李煜，表达了自己的追怀之情。后世的评家多将这两位隔代的词家相提并论，梁启超说"容若（纳兰性德字）小词，直追后主"；周稚圭说"纳兰容若，南唐李重光（李煜字）之后身也"，王国维在《人间词话》中评述，他们都有"赤子之心"，能"以自然之眼观物，以自然之舌言情"。金陵的明月，让两颗诗心相通、相印——绝句的结尾，就是一个生动的证明。

　　望：地望，地理位置。倏：极快地。钟隐：南唐后主李煜的号。回首：此句诗意显然化用了李煜的"故国不堪回首月明中"。

曹寅（1658-1712）

清文学家，字子清，号荔轩，又号楝亭，先世为汉族，原籍丰润（今属河北）。自其祖父起为满洲贵族包衣，隶属于正白旗。十六岁入官为康熙御前侍卫，至通政使、江宁织造、两淮盐漕监察御史。为人风雅，喜交名士，善骑射，通诗词，晓音律，主编《全唐诗》，有《楝亭诗抄》等著作传世。

题楝亭夜话图

紫雪冥蒙楝花老，蛙鸣厅事多青草。

庐江太守访故人，建康并驾能倾倒。

两家门第皆列戟，中年领郡稍迟早。

文采风流政有余，相逢甚欲抒怀抱。

于时亦有不速客，合坐清严斗炎燠。

岂无炙鲤与寒鹦，不乏蒸梨兼渝枣。

二簋用享古则然，宾酬主醉今诚少。

忆昔宿卫明光宫，楞伽山人貌姣好。

马曹狗监共嘲难，而今触痛伤枯槁。

交情独剩张公子，晚识施君通纻缟。

多闻直谅复奚疑，此乐不殊鱼在藻。

始觉诗书是坦途，未防车毂当行潦。

家家争唱饮水词，纳兰心事几曾知？

斑丝廓落谁同在？岑寂名场尔许时。

康熙三十四年（1695年）夏，曹寅在江宁织造任上，庐江郡守张纯修来访。张纯修，字子敏，号见阳，是当时知名画家，他同曹寅都是纳兰性德的至交。曹寅又请来江宁知府施世纶（即《施公案》主人公"施青天"原型），三人秉烛夜话于楝亭。楝亭在江宁织造署中，因亭边植楝木而得名。康熙二十三年（1684年），纳兰性德曾在此作《满江红·为曹子清题其先人所构楝亭,亭在金陵署中》词相赠,此词是题写在《楝亭图》上的,作者返京后翌年病逝。此时距容若去世已十年,张纯修即兴作《楝亭夜话图》,然后主宾分咏,对亡友的怀念成了"夜话"的主题。

　　曹寅在楝亭新画上的题诗,七言长歌,一气呵成。先交代当晚的环境与事由,主宾的身份和性情,宴会的规格和气氛,随即转入对故人的思念和回忆。曹寅与纳兰少年时在宫中供职,就结下了深厚的友谊。纳兰虽英年早逝,其词集不胫而走。作者欣赏他的仪容、才情和高尚人品,为失去这样一位"发小"和益友而惋叹:"家家争唱《饮水词》,纳兰心事几人知?"两行充满深情的诗句,记下了这位千秋词客匆匆走过康熙朝,遗世独立又令人难忘的身影。

　　"楝亭夜话"二十年后,曹家"金陵署"中诞生了一位未来的文学巨匠,他的名字和创作"改写"了中国文学史。他就是曹寅的孙子,被后世誉为描写和揭露中国封建社会"百科全书"式的古典名著、长篇小说《红楼梦》的作者——曹雪芹。为保存江宁织造、南京云锦以及与"红学"有关的历史文化遗产,如今在南京长江路碑亭巷口,清代江宁织造(亦即"楝亭"所在的原大行宫小学)旧址上建成"南京江宁织造博物馆"。这是一座展示中国古代丝绸业最高端"南京云锦"历史文化和《红楼梦》作者生平、家世及相关学术研究成果的新型博物馆。

　　鷃(yàn):禽类,又名三趾鹑,肉可食。瀹(yuè):煮。二簋:簋(guǐ),祭器,原意为祭品之少;这里是待客的谦辞。楞伽山人:纳兰的号。马曹狗监:指年少时做宫廷内侍的低职位,以此自嘲。纻缟(zhù gǎo):纻衣与缟带,喻旧相识、老朋友。多闻直谅:孔子的话,说益友有三:"友直,友谅,友多闻"(正直、诚信和博闻广识)。鱼在藻:鱼在水草间嬉游(《诗经·小雅·鱼藻》)赞颂武王时的平和安乐,意指"盛世"。行潦:淌浊水,以喻浊世。斑丝廓落:有人将"斑丝"解为绸质衣衫,意指纳兰人在官场,淡泊名利。实应解为作者自叹鬓边有丝,心情落寞,谁与我同在呢?

郑燮（1693—1765）

清代诗人、书画家，字克柔，号理庵，又号板桥，人称板桥先生，江苏兴化人。康熙秀才，雍正举人，乾隆元年（1736年）进士。官山东范县、潍县县令，有政声，后客居扬州，以卖画为生，为"扬州八怪"之首，著有《板桥全集》。

长干里

墙里开花墙外香，篱门半覆垂杨线，

门外春流一派情，青山立在门当面。

老子栽花百种多，清晨担卖下前坡，

三间古屋无儿女，换得鲜鱼供阿婆。

缫丝织绣家家事，金凤银龙供天子，

花样新添一线云，旧机不用西湖水。

机上男儿百巧民，单衫布褐不遮身。

中原百岁无争战，免荷干戈敢怨贫。

郑板桥一生"诗、书、画三绝"，做官与为文均能关注民情。长干里，是金陵繁华的渊薮，南京历史的缩影，历代吟咏甚多，很难"出新"。诗人却以清新、质朴又犀利、独到的诗笔，记录《长干里》的百姓生计与市井图画，广接地气，情景交融，十分难得地将"南京云锦"这个"中华奇葩、金陵绝艺"写入诗中；并以手工作坊内劳动者"单衫布褐不遮身"的触目贫困，反衬"金凤银龙供天子，花样新添一线云"的富贵奢华，不无辛辣地触及到当时已日益尖锐的社会矛盾，让人想起白居易的《卖炭翁》、杜甫的《石壕吏》，体现了有如"新乐府"般的现实主义诗歌的批判力量。

老子：老汉，诗中的卖花老人。供天子：南京云锦专供皇家所用，由"江南织造"总管。有史料称清代最盛时，金陵的机户有三万多台织机。花样：云锦编织的图样。西湖：莫愁湖。百巧民：云锦织机俗称"大花楼"由多人操作，编织工艺繁复、精湛，费时费工，作者以"百巧"赞之。免荷干戈：此句意为只求没有战争，不去当兵送死就好，哪敢叫苦怨穷呢。

吴敬梓（1701—1754）

清代小说家，诗词家，字敏轩，号粒民，安徽全椒人。因家有"文木山房"，晚年自称"文木老人"。乡试屡次不举。33岁移居金陵，卖文度日，故又称"秦淮寓客"。著有《文木山房诗文集》、长篇小说《儒林外史》。

买陂塘

石头城，寒潮来去，壮怀何处淘洗！酒旗飘飗神鸦散，休问狮儿狮子。南北史，有几许兴亡，转眼成虚垒。三山二水。想阅武堂前，临春阁畔，自古占佳丽。

人间世，只有繁华易委。关情固自难已。偶然买宅秦淮岸，殊觉胜于乡里。饥欲死，也不管，干时似渐矛头米。身将隐矣。召阮籍嵇康，披襟箕踞，把酒共沉醉。

被鲁迅称为"中国第一部讽刺小说"——《儒林外史》的作者吴敬梓，也是一位出色的诗人。他33岁从安徽老家移居金陵，尽管命途多舛、潦倒半生，始终对六朝风物和江南山水情有独钟。有史料说，他曾会集同道重修"先贤祠"在雨花台山麓，"祀泰伯以下二百三十人。资不足，售乡屋以成之，家因益贫"。晚年，他为绘成于康熙五年（1666年）的《金陵景物图》题咏二十三首诗，每首都有题记，成稿于乾隆十八年（1753年），即他死前一年。该作系由其句容友人樊明征亲笔抄录，为道光年间任江苏巡抚和两江总督的陶澍所收藏，直到20世纪80年代才在长沙被发现。此外，他在《儒林外史》中借杜少卿之口所说的那句"金陵城里的酒保菜佣之流，身上都带着股六朝烟水气"，也可以视作古往今来的千秋过客中对于南京城和"南京人"所做的最为深入细致的观察与生动传神的描绘，不愧为这位伟大的现实主义作家和抒情诗人留给他"精神故乡"与终老之地的经典性名言。

　　这首《买陂塘》词也有异曲同工之妙，是这位"秦淮寓客"的内心独白。在凭吊古人，怀古伤今的古都山水图卷上，作者所着力表现的是他"买宅秦淮，殊觉胜于乡里"的缘由，因为正是这片寄托着繁华易委之叹的"六朝烟水之地"，迭印着他心目中"饥欲死，也不管"的那方"胜境"："身将隐矣，召阮籍嵇康，披襟箕踞，把酒共沉醉"——这幅狂狷耿介、落拓不羁的诗人自画像，可以解读为是这位"儒冠不保千金户，稗说长传一部书"的全椒才子以"痴憨"、"颠憨"与"隐括"终其一生行状，为南京、为中国乃至世界文坛所做出贡献的一个精彩又真实的注脚。

　　吴敬梓当年"买宅秦淮"所居的"秦淮水亭"为南朝诗人江总宅地。由于岁月变迁，已难寻旧迹。1997年在桃叶渡新建成秦淮水亭，并辟为吴敬梓故居陈列馆，故居门头匾额上"吴敬梓故居"5字系集自北宋书法家黄庭坚竖帖卷，楹联"儒冠不保千金户，稗说长传一部书"为当代女书法家萧娴题写。2015年春天，该馆搬迁至秦淮河东关头，规模有所扩大，据专家称：新址最为接近历史上吴敬梓住宅"秦淮水亭"的位置。

　　狲儿狮子：语出《三国志》，狲儿，指孙策（孙权之兄），代指英雄豪杰。干时：入世，用世。浙矛头米：《世说新语》有"矛头淅米剑头炊"之说，矛头上淘米、剑头上做饭，极言生活拮据。阮籍、嵇康：均为魏晋间诗人、文艺家，他们与山涛、向秀、阮咸、王戎、刘令相契，崇尚老庄，纵酒交游，世称"竹林七贤"。披襟箕踞：傲慢不拘貌。

爱新觉罗·弘历（1711—1799）

清朝第六位皇帝，入关之后的第四位，年号"乾隆"。25 岁登基，在位六十年，是中国历史上执掌国家最高权力时间最长的皇帝，也是最长寿的皇帝，他还创造了写诗最多的纪录，曾六下江南，对南京的山水形胜流连不已。

游栖霞山

第一金陵明秀山，所欣初遇足空前。

画屏云庵紫峰阁，乳窦春淙白鹿泉。

梵业镌碑尚隋代，净因舍宅自齐贤。

更谁凿壁名纱帽，只恐平原意未然。

"山不在高，有仙则名。"南京城东北滨江而立，海拔仅 284.7 米的栖霞山，在江南和中国的历史文化版图上占有一席重要位置。有句流行语称"一座栖霞山，半部金陵史"，而历来对它的推崇和赞誉，"级别"最高、名头最大、流传也最广的，当数乾隆皇帝这首诗中的首句"第一金陵明秀山"。自乾隆十六年首次南巡的"所欣初遇"，至乾隆四十九年的六下江南中，五次驻跸此山，景致岗上至今留有为他修建的"栖霞行宫""御花园"遗址，彩虹桥、玉冠峰、太古堂等诸多胜迹也由他题名"钦定"。这位康乾盛世的风雅天子踏遍栖霞山的林壑溪泉，一次次登临最高峰，对山中景物、历朝典故、梵刹隐逸都熟悉到了"如数家珍"的地步，总共题诗 119 篇，书写楹联、匾额 50 余幅、碑文 3 通，创下他放歌金陵的"高产纪录"。从生态保护、历史研究、佛学传播，以及地理学、药物学、美术史、茶文化等多方面来考察，这首"御制"的七言律诗可以视为我们认识和了解栖霞山这座大自然宝库、六朝文化山和金陵之秋"美丽名片"丰富蕴涵的一把"开门之钥"。

云庵：白云庵，栖霞山上的道观。紫峰阁、乳窦（泉）、春淙（桥）、白鹿泉：均为栖霞山上的名胜景点。梵业镌碑：南朝年间栖霞山（原名摄山）即为佛教三论宗祖庭，千佛崖上的佛龛也开始兴建。建于隋初（601年）的舍利塔，在杨坚下令全国八十三州同期兴建的舍利塔中被列为榜首，后焚毁，南唐复建时改木结构为石塔，精美绝伦，留存至今；与唐高宗为表彰明僧绍而立的《明征君碑》、千佛崖，并列"栖霞寺三宝"，均为全国重点文物保护单位。净因舍宅：齐永明元年（483年），在摄山结庐修行的山东居士明僧绍（自号"栖霞"）将自己的宅舍捐为庙产，延请高僧法度来此讲经并担任住持，佛寺始称"栖霞精舍"，栖霞山也因寺得名。纱帽：纱帽峰，在千佛岩上，呈纱帽状。平原：明僧绍原籍山东平原。

袁枚（1716—1797）

清代文学家，字子才，号简斋，晚年号仓山居士、随园老人，钱塘（今浙江杭州）人。乾隆四年进士，授翰林院庶吉士，乾隆七年外调，历任溧水、江宁、江浦、沭阳县令。乾隆十四年（1749年）辞官，筑随园于南京小仓山，著述以终，世称随园先生。倡"性灵说"，为乾嘉时期代表诗人之一，与赵翼、蒋士铨合称为"江右三大家"，又与纪晓岚齐名，时称"南袁北纪"。有《小仓山房诗文集》《随园诗话》《随园食单》《子不语》等。

晚登清凉山

上山访僧僧寺锁，孤亭荒荒红日堕。

万家炊烟直复斜，几行雁字右复左。

长江半向树梢出，石磷尽教落叶裹。

怪他啼鸟忽惊飞，惟有白云不让我。

这是一首非常可爱、率真的即兴即景之作。作者晚登清凉山访僧友不遇，便站在寺门外观赏风景，一幅江天夕照、万家炊烟图迭映眼前，林中啼鸟因不速之客而惊飞，"唯有白云不让我"——诗人说得一点不错，悠闲自在如白云者，为什么要"让"你呢。

袁枚是当时的文坛领袖，其诗歌主张为"性灵说"："诗者，人之性情也，性情之外无诗"。他强调写诗要新鲜、有趣，写出"性情遭际"，诗人须具备真情、个性、诗才三要素。《袁枚全集》的编者王英志称他是"从封建盛世向近代社会过渡时期杰出的文学家与思想学术批评家"。《清诗史》作者严迪昌说他是"整个中国封建诗史上最后一个全身心挽救诗的生命力的诗学改革家，且卓有建树，助益后世甚巨者"。后人将由他的理论和创作影响下所形成的一个平民化的诗歌流派称为"随园派"。

"随园"是袁枚亲手经营、住了近半世纪的家园，其前身系在曹雪芹之父曹頫后继任江宁织造的隋赫德所居"隋园"，其遗址在南京师范大学随园校区，从文学传承和诗学革新的意义上，这位与曹雪芹同时代的"随园主人"给南京和中国诗史留下了一座名副其实的"大观园"。（可参见本书中舒位诗《随园作》）

洪武大石碑歌

青龙山前石一方，弓尺量之十丈长，两头未截空中央。

旁有赑屃形更大，直斩奇峰为一坐，欲负不负身尚卧。

相传高皇开创气概雄，欲移此碑陵寝中。

大书功德告祖宗，压倒唐汉惊羲农。

碑如长剑青天倚，十万骆驼拉不起。

诏书切责下欧刀，工匠虞衡井中死。

芟刈群雄苔八荒，一拳顽石敢如此。

周颠仙人大笑来，天威到此几穷哉！

但赦青山留太朴，胜扶赤子上春台。

丁丁从此亭开凿，夜深无复山灵哭。

牧竖宵眠五十牛，村氓尽晒三千谷。

材大由来世莫收，此碑千载空悠悠。

昭陵石马无能战，汉代铜仙泪不流。

吁嗟呼！君不见，项王拔，始皇鞭，山石何尝不可迁？

威风一过如轻烟。惟有茅茨土阶三五尺，至今神功圣德高于天。

明成祖朱棣为葬其父朱元璋所命凿的"神功圣德碑"（阳山碑材），至今横卧在南京东郊25公里处汤山镇的阳山之上。三块硕大无朋的巨石分别为碑座、碑额、碑身——碑座高17米，宽29.5米，厚12米；碑额高10米，宽22米，厚10.3米；碑身高51米，宽14.2米，厚4.5米。三块巨石的重量：碑座16250吨，碑额6118吨，碑身8799吨。史无前例，举世无匹。当时为完成这项"钦定工程"，从全国征集了数万名工匠，累死、摔死或完不成任务被杀者数以千计，就地掩埋隆起一个山包，称为"坟头"，此地名沿用至今。《明史》对凿此碑，无一字记载。现存明孝陵神道上的"神功圣德碑碑亭"（俗称四方城）建于永乐十一年（1413年），碑高仅8.78米。因此后世论者多以为朱棣开凿阳山碑材意在宣扬其孝道，好大喜功外，亦系欺世盗名的"明知不可能之举"。

袁枚的《洪武大石碑歌》是历史上最早记叙和表现这段"明初史实"及"阳山奇观"的诗歌作品，从其规模、气势，到内涵题旨和史学价值来看，堪称当之无愧的"碑记"与"史诗"。诗人以歌行体的样式和兼有自然平易与豪迈健朗的诗风，大笔挥洒，纵横交错，先将阳山碑材"直斩奇峰为一坐，欲负不负身尚卧"的惊世形象和"未完成使命"昭告世人，再针对"诏书切责""芟刈群雄"的史实秉笔直书。在穿越时空、纵览古今的吟咏中，又精雕细刻阳山碑材的现状和由它所引起的丰富想象；最后在"材大由来世莫收，此碑千载空悠悠"和"威风一过如轻烟。惟有茅茨土阶三五尺"的感叹中结束全篇。真可谓是一首与"阳山碑材"比肩匹配，相得益彰，既大气磅礴，神形兼备，又言之有物，发人深省的诗歌杰作。

赑屃（xì bì）：龙生九子，此其一，像龟，旧时大石碑座多刻其状。一坐：坐通"座"。诏书切责：下诏问责，严格执行。欧刀：古欧冶子所作之剑，指刑人之刀或良剑，此处意指为凿碑死伤工匠之众。虞衡：古代执掌山林川泽之官。芟刈：原意为割、斩（稼禾、树木），亦可引申为杀戮。周颠仙人：明代奇人，有姓无名，"颠"（疯癫）是其绰号，被朱元璋视为"仙家"，每每紧要关头"道破天机"给他帮助，《明史》有记载。但赦青山：青山指碑材，碑材没有离开阳山，好像被"赦免"了。丁丁：凿石声。亭：同"停"。牧竖宵眠：放牛娃在此睡觉。村氓尽晒：村民在此晒谷。昭陵石马：唐太宗陵，陵前六骏石刻为太宗生前战马造型。汉代铜仙：指汉武帝时所造以手掌举盘承露的仙人铜像，李贺《金铜仙人辞汉歌》中有"空将汉月出宫门，忆君清泪如铅水"句。项王拔：项羽《垓下歌》中有"力拔山兮气盖世"句，虽然英雄一世，仍然兵败垓下。始皇鞭：有关秦始皇"赶山鞭"的传说很多，从关中到江南都有。这里借用以上典故，意谓再大的神功和威风都是暂时的，山石何尝不可迁？"惟有茅茨土阶三五尺"，哪有"神功圣德高于天"。

蒋士铨（1725—1784）

清代诗人，字心馀、苕生，号藏园，又号清容居士，晚号定甫，铅山（今属江西）人。乾隆二十二年进士，官翰林院编修。与袁枚、赵翼合称江右三大家。有《忠雅堂诗文集》《红雪楼九种曲》等。

扫叶楼

落叶扫不尽，几年存此楼。

天空群木老，寺古一山秋。

壁垒移江渚，功名指石头。

输他尘外客，缚帚坐林陬。

扫叶楼是明末遗民画家、诗人龚贤的故居。一说"扫叶楼在清凉山，国初有僧名扫叶者，筑楼修行，诸名士与之往来，因之得名"（引自清代诗人汤濂《金陵百咏》），录之以备考。蒋士铨写这首《扫叶楼》诗时，离扫叶楼主人也就百年光景，他在满山秋色中抚今追昔，虽未提前贤之名，但此楼和此地的故实还是引起他诸多联想，结论是石头城下风云际会的建功立业者们，比起扫叶楼主人——"缚帚坐林陬"的尘外客来，终究稍逊一筹。

几年：此处的"几"是疑问词，意谓"多少年"。寺：即清凉寺。始建于唐僖宗中和四年（884年），原名兴教寺，明初称清凉寺。原有规模较大，屡毁屡复，现存佛殿为清末所建。南唐时，文益禅师在此创法眼宗，为中国佛教禅宗五家之一，至明代鼎盛，影响远及日、韩和东南亚地区。壁垒：东晋陶侃讨苏峻叛乱，筑白石垒于江渚，卒成平乱之功。石头：清凉山古称石头或石头山。陬：角落、边隅。

姚鼐（1731—1815）

清代文学家，字姬传，一字梦谷，室名惜抱轩，世称惜抱先生，安徽省桐城人。与方苞、刘大櫆并称为"桐城三祖"。乾隆二十八年（1763年）进士，任礼部主事、四库全书纂修官等，年才四十，辞官南归，先后主讲于扬州梅花、江南紫阳、南京钟山等地书院。著有《惜抱轩全集》等，曾编选《古文辞类纂》。

最高峰登眺

已上嶕峣又佛台，正逢秋霁夕阳开。

地穷江海与天际，山自岷嶓夹水来。

南国中原同下俯，华林衰草几千回。

何当住此云霄上，长与星房日驭陪。

姚鼐是清代著名学者、散文家，桐城派的集大成者，在文学和学术界都有很高的成就。自乾隆四十二年（1777年）起，姚鼐先后主讲扬州梅花书院、安庆敬敷书院、歙县紫阳书院、南京钟山书院，致力于教育四十余年，弟子遍及南方各省。他同南京的渊源深厚，曾主持编纂《江宁府志》，嘉庆十五年（1815年）秋，85岁的姚鼐卒于南京钟山书院。

这首七律《最高峰登眺》，原注"最高峰在钟山之顶"，是他登紫金山最高峰（北高峰）的抒怀之作。这位乾嘉年间的大学者、散文家和诗人在此集六朝文化、明朝文化、佛教文化等多元文化卓立于九州东南，有"中华城中人文第一山"之美誉的龙盘之巅，纵览天地，察古观今，发出了"何当住此云霄上，长与星房日驭陪"的由衷赞叹。

嶕峣（jiāo yáo）：高峻。佛台：钟山最高处，为头陀岭。岷嶓：指岷山（在四川）、嶓山（在陕西），意为山脉绵远，江水流长。日驭：指太阳。古代神话中的太阳神驾车而行。

王友亮（1742—1797）

清代诗人，字景南，号葑亭（亦作葑町），又号东田，原籍婺源，出生于南京，乾隆三十年（1765年）以上元附贡生中举，三十四年进士，历任礼部主事、刑部员外郎、山东道监察御史、政通司副使等。长于史学，有诗才，与袁枚、蒋士铨、姚鼐等有交往，著《双佩斋集》《金陵杂咏》。

金陵杂咏（选三首）

落星冈怀李白

府西北九里，下临大江，一名落星墩。李白尝以紫绮裘换酒于此即王僧霸连营以拒侯景处。又陈显达以数千人登落星冈，新亭诸军闻之奔还。

骑鲸仙人钓鳌客，小驻金陵饮春色。
鹭洲寂寞凤台荒，醉卧落星冈畔石。
淋漓倒著宫锦袍，不独诗豪更酒豪。
欲唤东风吹渌水，大江尽化为醇醪。
山川佳丽仍如绘，我来望古遥相酹。
双屐曾留薛字中，一旗尚曳禽言外。
海东飞上白玉盘，无复醉影凌珊珊。
光芒剩得诗千首，尚可高吟落星斗。

李白钟爱金陵，金陵人更爱诗仙，为他保存了多少胜迹。燕子矶上有块"酒樽石"，说是太白"醉饮长江"所留。王友亮出生在南京，他代表南京人写下了"落星冈"的传说故事，将诗仙的形象写得栩栩如生。

骑鲸仙人：传说李白醉骑鲸鱼，溺死浔阳，后用为咏谪仙之典。钓鳌客：喻有豪放胸襟和远大抱负者，此处仍指太白。鹭洲、凤台：指白鹭洲、凤凰台。渌：水清。醇醪：美酒。酹：以酒洒地，表示祭奠（或起誓）。屐：原为木屐，这里泛指鞋。薛字：苔痕藓迹。旗：酒旗。禽言：鸟语、鸟鸣声，有一种诗体也叫"禽言"；这里有鸟声传情之意。白玉盘：

喻月亮，李白诗中有此意象。珊珊：玉佩声，高洁飘逸貌。

静海寺

在狮子山麓。明永乐中，太监郑和归自西洋建，三宿岩即在寺内。

> 舣棹秋江十里长，招提结伴且寻将。
> 凭谁寻路蹲狮子，怪尔开门叫凤凰。
> 海外灵槎曾揽胜，岩端健笔自流芳。
> 老僧不解观空旨，对客犹然说郑铛。

静海寺位于仪凤门外，为明成祖朱棣为褒奖郑和航海敕建的皇家寺院，是中国海上丝绸之路以及郑和下西洋的重要历史遗存之一。寺名取四海平静，天下太平之意，明清时规模宏大，殿宇林立，号称"金陵律寺之冠"、"金陵八大寺之最"，寺内供奉郑和带回的罗汉画像、佛牙、玉玩等，也栽培奇花异木。

三宿岩：绍兴三十一年（1161年），南宋将领虞允文采石矶大破金兵后，率水师沿江而下前往京口，路过建康时在这块礁石前系舟停宿三天，由此得名。"三宿名岩"在清代是金陵四十八景之一。舣棹：舣，船只靠岸。此句意为郑和下西洋船队在江边排列很壮观。凤凰：原注"殿门开合有异声，俗谓之凤凰叫"。海外灵槎：指郑和船队。观空：能够把身心世界观空，佛教用语。

姚坊门枣

长二寸许。顾文庄曰：惟吕家山方幅十余亩为然，他地则不尔。

> 新秋佳果说姚坊，火齐堆盘喜乍尝。
> 甜到十分知过雨，艳生半颊为迎阳。
> 戏抛恰可同心赤，饱掇何须患齿黄。

　　记得吕家山畔路，薰风先递枣花香。

　　这首记录南京土产的咏物诗，题材新颖，生动活泼，充满乡土气息。

　　姚坊门：南京明城墙"里十三，外十八"，外郭十八座城门之一，即今尧化门。寸：市尺之寸，约合公制的三分之一。火齐（huǒ jì）：生熟齐和两相宜。戏抛：戏言此枣可作传情的信物。

舒位（1765—1816）

清代诗人、戏曲家。字立人，号铁云，小字犀禅，直隶大兴（今属北京市）人，生长于吴县（今江苏苏州）。乾隆五十三年举人，屡试进士不第，游食四方，以馆幕为生。其诗为龚自珍所推重。著有《瓶水斋诗集》《乾嘉诗坛点将录》。《瓶笙馆修箫谱》收入杂剧四种。

随园作

琉璃世界水精宫，六代烟霞入镜中。
山染千重矾绢本，花开四面锦屏风。
池边红树鱼窥影，帘外青天鸟破空。
当日挂冠神武者，三层楼阁未能工。

随园遗址在今城西随家仓至清凉山东麓。园始建于明末复社名士吴应箕，清代归江宁织造曹家，传为《红楼梦》中大观园之原型。曹雪芹之父曹頫被抄家后，园没收入官，复归继任织造隋赫德，取名"隋园"。不久隋也获罪抄没，该园再次入官。乾隆十四年，曾任江宁府尹的杭州人袁枚辞官卜居，以月俸三百金购得废园依山重建，改称"随园"。舒位是比袁枚晚生五十年的清代诗人，这首游随园诗，极言其富丽与"新潮"，是可信的。而袁枚本人在《随园记》谈他的造园心得，却说此园的妙处在于改其旧名的那个"随"字："随其高，为置江楼；随其下，为置溪亭……"不但是主人的美学思想和处世之道，也同其倡导和身体力行的"性灵派"诗歌理论和实践也有某种内在的联系。以此观照，这首诗所涉及的"随园"仅仅是它的表象，很难说得其神髓与意趣，更遑论它大有来头的历史渊源了。

琉璃世界：袁祖志《随园琐记》有记载："书仓之东厢房曰琉璃世界，为室二重，窗嵌西洋五色玻璃。由蔚蓝天迤北，为水精域，以四窗皆嵌全白色玻璃故也。几案坐榻皆系雕刻漆为之。"六代烟霞：随园有黄文炳联语："只一座楼台，占断六朝烟景；问几人诗酒，能争绝代风流。"
矾绢本、锦屏风：打过矾的绢本画册、锦绣玉雕的屏风，此联句既指园
内陈设收藏，亦形容山水之美。挂冠神武者：指陶弘景，他是齐梁两朝
的功臣，辞官时曾挂朝服于神武门，后隐居茅山，人称"山中宰相"。
陶筑三层楼，自处其上，弟子居中，宾客至居其下。他的隐逸之所，跟
县官出身的袁枚之"随园"相比可差远了。

陈文述（1771—1843）

清代诗人，字退庵，号云伯，钱塘（今浙江杭州）人。嘉庆五年（1800年）举人，官全椒知县。著有《碧城仙馆诗钞》《秣陵集》等。

诸葛武侯驻马坡

坡在石头城，相传武侯至吴，驻此以观形胜，谓："钟山龙蟠，石城虎踞。"此地在今龙蟠里北，收兵桥东。又镇淮东北军师巷有武侯祠。《江表传》云："刘备之东，周视地形，劝权都之。"则刘备亦尝至其地。

石头城上翠屏颜，虎踞龙盘在此间。
形胜旧传三国志，风云长护六朝山。
登高感慨谁知己，揽辔澄清亦等闲。
天遣艰难定两蜀，峨嵋万里隔秦关。

这是一首咏史诗，保存了有关"驻马坡"的传说，并由此展开对志士仁人"揽辔澄清"的联想，既是对三国时期英雄豪杰们的追怀，也慨叹良才虽多，知遇不易。

武侯：诸葛亮。他死后，刘禅追谥其为忠武侯，故世称武侯。屏颜：巉岩。三国志：书名，晋陈寿著。揽辔：辔，驾驭牲口的嚼子和缰绳。《后汉书·范滂传》中说"登车揽辔，慨然有澄清天下之志"。峨嵋：峨眉山在四川成都西南。秦关：在陕西洛川，地势险要，是历史上有名的要塞。

林则徐（1785—1850）

清代政治家、思想家和诗人，字元抚，又字少穆、石麟，晚号俟村老人，福建侯官（今福州市）人。嘉庆进士，官至一品，曾任湖广、两江、陕甘、云贵总督，两次受命钦差大臣；因其主张严禁鸦片、坚决抵抗英国侵略者，遭受投降派打击，被谪戍伊犁。中国近代史上伟大的爱国者和民族英雄，其诗句"苟利国家生死以，岂因祸福避趋之"震古烁今。著作《云左山房文钞》《云左山房诗钞》《使滇吟草》等多种，收入《林则徐全集》。

题杨雪樵（庆琛）金陵策蹇图

斜日西风万柳条，栖鸦流水旧魂销。

即今仍踏长干路，官爱江南为六朝。

这是一首题画诗，画中的内容为金陵风景与人物。因为作者是林则徐的同乡、同窗和同僚，林则徐做过两江总督，对南京熟悉，南京不仅是六朝古都，在百年风云的近代史上，更是牵系中国命运之重镇。作者触景生情，借题发挥，"官爱江南为六朝"一句既表达出他对金陵的喜爱之情，出自这位一代名臣和民族英雄之口，更增添了不同凡响的意涵。

杨雪樵：杨庆琛，字雪樵，与林则徐相知甚深，是位清廉正直的好官，刑部出身，治吏多政绩。工诗，著有《绛雪山房诗集》。策蹇：执鞭骑驴。

邓廷桢（1776—1846）

清代诗人、民族英雄，字维周，又字嶰筠，江宁（今南京）人。嘉庆六年进士，工书法、擅诗文、授编修，官至云贵、闽浙、两江总督，与林则徐协力查禁鸦片，击退英舰挑衅。有《双砚斋词》。

江城子·题杨雪樵观察金陵策蹇图

卢龙山下系轻桡，柳条条，路迢迢。十里青芜，宛转度裙腰。认取鞭丝春影瘦，浑不似，玉骢骄。

前头弓样石城桥，醅波摇，蕙烟销。待觅东风，燕子话南朝。纸醉金迷多少事，都付与，过江潮。

作者也是林则徐、杨庆琛的同僚。他不愧是金陵子弟、地道的南京人，对这幅描绘南京春色中策蹇行走的图画，感受和联想更细致、更"乡土化"，如数家珍地报出地名，更借古喻今，引南朝史实，警示当世。

卢龙山：一名狮子山，在今南京挹江门外，城在山下，城外为秦淮河入江处。轻桡：小船。青芜：青葱翠绿。玉骢：亦作玉花骢，良马名，常泛指骏马。石城桥：在今草场门外秦淮河畔。醅波：河水澄碧如酒。

龚自珍（1792—1841）

清代思想家、文学家，字瑟人，号定庵，仁和（今浙江杭州）人。曾任内阁中书、宗人府主事和礼部主事等官职，主张革除弊政，抵制外国侵略，曾全力支持林则徐禁除鸦片。48 岁辞官南归，次年卒于丹阳云阳书院。他的诗文主张"更法""改图"，揭露清统治者的腐朽，洋溢着爱国热情，被柳亚子誉为"三百年来第一流"。著有《定庵文集》，著名诗作《己亥杂诗》共 350 首，多咏怀和讽喻之作。

己亥杂诗（第一二二首）

六朝古黛梦中衡，无福秦淮放棹行。

想见钟山两才子，词锋落月互纵横。

原注：欲如江宁，不果，亦不得见马湘帆户部、冯晋渔比部两同年消息。

《己亥杂诗》作于 1839 年，是中国文学史上罕见的大型组诗，以诗人一生经历为主线，述写其生平、志趣、著述、交游，题材广泛，内涵丰富，是龚自珍最重要和影响深远的代表作。梁启超说："晚清思想之解放，自珍确与有功焉。光绪间所谓新学家者，大率人人皆经过崇拜龚氏之一时期；初读《定庵全集》，若受电然。"（《清代学术概论》）

这首七言绝句，系当年诗人辞官南归途中经过江宁时所作，他对金陵充满向往之情，但由于行程上的安排，未能在此逗留，"相见钟山两才子"也落空了。一句"词锋落月互纵横"回忆当年挥斥方遒的书生豪气，也是对同道中人和名城重镇的亲切寄语。

六朝古黛：意指六朝古都的山水、风采。梦中衡：在梦中思量。无福：没有福气，这里指"无缘"到南京。钟山：清代南京钟山书院大家与英才云集。词锋：指犀利的文笔或口才。同年：科举时代称同榜或同一年考中者。马、冯二人系作者同年。比部：明清时刑部司官的通称。

汤濂（1793—1874）

清代诗人，字蠹仙，自号金陵诗疯子、诗疯、贩云翁、石居士、山水馋客，又以百八十山房为斋号，南京江宁白鹤村人。家境富足，少好读书，太平天国年间曾远迁湖南，历十三年，湘军克复金陵后始归。著有《小隐园诗文集》《金陵百咏》《金陵四十八景》。

金陵百咏（选四首）

佛国寺

在太平门外板仓，古华藏庵。

佛不可思议，莫问寺小大。
国在寺之中，亦在寺之外。

此诗保留了有关佛国寺的史料，诗语也多有禅意。

梦笔驿

在冶城。

才如江文通，也惜梦中笔。
我才不如江，但向源头索。

文通，是南朝文学家江淹的字，《恨赋》《别赋》皆其所作，成语"梦笔生花"、"江郎才尽"都是有关他的传说。后一个故事就发生在冶城的驿舍里，江淹梦见一个自称郭璞的仙人，要收回早年给他的那支彩笔，从此文章就大不如前了。作者说"我才不如江，但向源头索"，见解深刻，一语中的。

剖心里

在长干里，宋时金人入建康，杨忠襄公邦乂不屈，金人剖腹，取其心。

杨公剖心处，心赤血同赤。
至今墓上草，红心无断绝。

杨忠襄公，名邦乂（yì），字晞稷，吉水（今江西吉安）人。宋建炎三年（1129年）金兵入侵建康时任建康府通判，因留守杜充叛逃而被俘，邦乂誓死不降，血书"宁作赵氏鬼，不为他邦臣"，完颜宗弼命人剖腹取心，时年44岁。高宗赵构念其忠贞报国，赐谥号"忠襄"并为其造墓、建祠、立碑。今该纪念地在雨花台东岗后"江南第二泉"后山。雨花台还建有纪念他和他的同乡后辈文信国公（文天祥）的"二忠祠"。

汤山

氤氲气满野，泉水流汤汤。
或者通地肺，此山有热肠。

汤山古名"温泉"，因温泉而得名。有资料说，自南朝萧梁时期即被封为皇家的御用温泉，至今已有1500多年的历史，是全国四大天然温泉之一。这首五绝将"温泉"拟人化，称"此山有热肠"，想象之奇，妙趣横生。

氤氲：热气蒸腾。汤汤（shāng shāng）：水势大、水流急。

魏源（1794—1857）

清代思想家、文学家。名远达，字默深，又字墨生、汉士，号良图。汉族，湖南邵阳人。道光进士，曾任内阁中书，与龚自珍、林则徐等共倡经世致用之学。晚年弃官归隐，闭门著述，是近代中国"睁眼看世界"励志图新的首批知识分子的优秀代表。著有《古微堂集》《元史新编》《老子本义》和《海国图志》等。

乌龙潭夜坐

林阴横满地，夜影忽过墙。

忘却月已转，翻疑树易长。

积雨有余气，老荷终自香。

空林如积水，清夜意难忘。

乌龙潭位于清凉山东麓，此处风景幽美，名胜古迹甚多，素有"小西湖"之美誉。道光十二年（1832年），应两江总督陶澍之邀，魏源来南京，次年在乌龙潭边、清凉山下的龙蟠里购地造屋并举家南迁，名居处为"小卷阿"。魏源在此完成了重要著作《海国图志》，其故居保存至今已列为文物保护单位。这首诗是一个"林荫横满地"、"老荷终自香"的秋天月夜，长年寓居金陵"小西湖"边的晚清大学者、启蒙思想家，对他所钟爱又"朝夕相处"的古都山水寄兴抒怀，情深意切，趣味悠长。

林阴、夜影：阴与"荫"相通。这两句都是写月光皎洁，月影婆娑。忘却、翻疑：都是写人的主观感受，因月影移动，产生了"树易长"（长短之长）的奇妙错觉。老荷：秋季的晚荷。空林如积水：夜深无人，月下的空林也波光粼粼。

赵函（道光年间人）

清代诗人，字元止，号艮甫，曾多年寄居金匮（今无锡）、邗上（今扬州），为当时江苏地区较有名气的诗人。著有《乐潜堂集》《菊潜庵剩稿》。其《十哀诗》"全景式地扫描鸦片战争之过程，内容成系统，刻划有深度，堪称反映鸦片战争之史诗"（今论者徐丽梅语）。

哀金陵

吊省城居民及沿江村落被贼蹂躏也。

夷入大江，封瓜州之渡，焚仪征之船，疾驱二百里，抵观音门。时总督已回省城，伊节相、耆将军相继至，通使议和。夷人要挟百端，忽战忽和。当事受其颠倒。忽诡言架炮钟山之顶，官民胆落。悉从其所欲而后已。八月和议成，三使节宴夷酋于静海寺，夷人亦整队伍相送。然夷船久泊江干，城外居民大受荼毒；且纵三板船游奕江浦、六合之境，所至村落一空。

夷船入江来，先截瓜州渡；
真州城外生烟雾，一炬盐艘不知数。
天堑飞过蛟龙惊，扬帆直抵金陵城。
金陵城中军势涣，大府主和不主战。
伊相国来操胜算，欲以慈悲弥宿怨。
夷情贪狠惟爱钱，红旗白旗持两端。
忽然异炮钟山顶，俯瞰石城如瞰井。
阖城恸哭潜出城，一半流亡入鱼艇。
秋风戒寒和议成，庙谟柔远思休兵。
华夷抗礼静海寺，俨然白犬丹鸡盟。
吁嗟呼！
城中歌舞庆太平，城外盗贼仍纵横。
夷人中流鼓掌去，三月长江断行旅。

晚清诗人赵函在这首义愤填膺的长诗《哀金陵》中，记录了 1842 年 7 月第二次鸦片战争期间英国炮舰对古老中国的"野蛮访问"，将披着文明外衣、气焰嚣张的西洋海盗和"主和不主战"、丑态毕露的"大府"要员们的嘴脸，都刻画得入木三分。《哀金陵》真实地反映了这段令近代中国人刻骨铭心的"痛史"，是诗人所作组诗《十哀诗》的末篇，其他各首哀叹虎门、厦门、舟山、吴淞、京口等口岸的丧失，充满了民族的忧患意识，可以说是近代反帝爱国诗歌的先声，直接影响了后来写《七子之歌》的闻一多等爱国诗人。

夷：原指九州东部的原住民，后泛指外邦，此处指英国入侵者。总督：时任两江总督的牛鉴，此人原为江苏巡抚，不久调职河南，道光二十一年（1841 年）九月授两江总督，对江防不熟悉，战争期间失误颇多，为战败"议和"的三使节之一。真州：仪征（今属扬州市）。大府：泛指上级官府，明清时称总督府为大府。伊相国：伊里布，道光二十年（1840 年）第一次鸦片战争期间，他作为钦差大臣，负责浙江沿海的军事行动，后被弹劾撤职。道光二十二年（1842 年）三月，清朝政府重新启用，命其协助耆英抵抗英军，最终签署了《南京条约》。耆将军：耆英，1842 年 3 月奕经在浙江战败，清政府命耆英署理杭州将军府。4 月，他被任命为钦差大臣，同伊里布一起赴浙江向英军求和。慈悲弥宿怨：伊里布在英军进犯浙江定海时，总兵张朝发抗敌牺牲，伊不仅不抚恤阵亡将士，组织抗英斗争，反而派员慰问侵略军。红旗白旗：忽战忽和。舁（yú）：抬。戒：通"届"。和议成：1842 年 8 月 29 日，耆英、伊里等跟英方代表璞鼎查，在英舰康丽华号上签订了中国近代史上第一个不平等条约——中英《南京条约》。庙谟：谟通"谋"，为朝廷谋大事。柔远：安抚远人或远方邦国。白犬丹鸡盟：用白狗和大红公鸡举行的歃血仪式，原是平等的双方为结盟而为，诗人用此讥刺《南京条约》丧权辱国，清王朝腐败无能。

黄燮清（1805—1864）

清代诗人、剧作家。原名宪清，字韵甫，一字韵珊，号吟香诗舫主人，海盐（今属浙江）人。道光十五年（1835年）举人。有《倚晴楼诗集》及《倚晴楼七种曲》传世。

黄天荡怀古

八千劲旅走熊罴，曾断金人十万师。

骢马宣威临战日，羯胡丧胆渡江时。

风鸣环佩军中鼓，谷暗云霞战士旗。

从古庸臣好和议，寒潮呜咽使人悲。

黄天荡，长江下游的一段，在今南京市东北。古时江面辽阔，为南北险渡。宋高宗建炎四年（1130年），韩世忠败金兀术于此，沉重地打击了金兵的嚣张气焰，大涨了宋军抗金救国的士气。道光三十年（1850年），正是鸦片战争之后不久，作者经过此地，怀想韩世忠抗金故事，吊古伤今，直指时事，发出了"从古庸臣好和议"的愤慨之叹。

熊罴：罴，棕熊，亦称马熊，熊类中形体最大者。古时用"熊罴之旅"比喻雄师劲旅。这里指韩世忠所指挥的宋军。骢马：青白色的马。《后汉书》记载桓典为侍御史，常乘骢马，刚正不阿，执政不畏权贵。这里赞扬韩世忠英勇、正直。羯胡：羯是匈奴的分支，为五胡之一。这里指金兵。环佩：女子饰物。韩世忠妻梁红玉曾在镇江军中擂鼓督战，传为千古美谈。

洪仁玕（1822—1864）

太平天国领导者之一。广东花县人，洪秀全的族弟，曾在香港居住多年，1859 年到天京（即南京），获封为军师、干王，一度总理朝政。1864 年 8 月，他护卫幼天王转战江西石城后被俘至南昌，英勇就义。洪仁玕所撰《资政新篇》主张接受西方文明，走西方强国富民之路，成为天国后期的政治纲领和重要历史文献。

由上海至天京受阻折回舟中作

船帆如箭斗狂涛，风力相随志更豪。
海作疆场波列阵，浪翻星月影麾旄。
雄驱岛屿飞千里，怒战貔貅走六鳌。
回日凯旋欣奏绩，军声十万尚嘈嘈。

中国历史上规模最大的农民运动、定都南京的太平天国，本身就是一部气势恢宏的史诗。1854 年春，洪仁玕由上海去天京，因苏常一带尚在清军手中，长江被封锁，遂中途折回。在这首记录他航行"受阻"的抒怀诗中，作者通过"海作疆场波列阵"与风浪搏斗的诗意想象和生动描绘，表达了天国将士们在 19 世纪中叶的历史舞台上撼动了清王朝统治基础的革命声威与战斗意志。

麾旄：麾，指挥军队的旗子，亦作指挥解。旄，古时旗杆头上用牦牛尾作装饰。两字并用，形容军威。貔貅：传说中凶猛的瑞兽，有招财之意，这里只取其凶猛，形容风浪。六鳌：海中巨龟，这里比喻大海的宽广。嘈嘈：象声词，形容嘈杂声，这里是海浪声和舟中人声引起的联想。

黄遵宪（1848—1905）

清代诗人，外交家、政治家、教育家，字公度，别号人境庐主人，广东嘉应州（今梅县）人。光绪乙亥（1875年）举人，曾任驻日、英使馆参赞及驻旧金山与新加坡总领事，戊戌变法期间署湖南按察使，积极推行新政。提倡"诗界革命"，著有《人境庐诗草》《日本国志》《日本杂事诗》等，被誉为"近代中国走向世界第一人"。

元武湖歌和龙松岑

大江滚滚流日夜，降幡屡竖石头下。
别有苍茫一片湖，山势周遭潮不打。
湖光十里擎风荷，游人竞说安乐窝。
船头箫管驴背酒，吴娘楚客时经过。
城南暑都蒸如瓮，汗雨横流湿衣缝。
笳鼓欣停战伐声，蓬船合作清凉梦。
一客新自天边来，一客卧起丛书堆。
承平公子文章伯，酒龙诗虎争崔嵬。
天风浩浩三万里，吹我犯斗星槎回。
河山不异风景好，今者不乐何为哉？
江城明媚雨新霁，菱叶莲蓬送香气。
井阑莫问燕支山，钟声尚认鸡鸣埭。
闲闲十亩逍遥游，莽莽六朝兴废事。
珠楼绮阁未渠央，青盖黄龙奈何帝。
盛衰漫唱百年歌，哀乐且图今日醉。
酒波光溢金巨罗，银鲈锦鸭甘芳多。
强颜作欢攒眉饮，茫茫对此如愁何。
夕阳映郭空波明，柳丝漾绿芦芽青。
平生旧游在吾眼，仿佛上野湖心亭。
美酒肥牛酺大嚼，头冠腰箭恣欢谑。

遥想将军渡海归，想从凯唱从军乐。

这首歌行体长诗作于 1895 年秋，此时正是甲午战争中国战败后的一年。从驻新加坡总领事任上奉调回国的黄遵宪，由两江总督张之洞任命为江宁洋务局总办，来南京就职不久。同年五月七日是《马关条约》的实施日，消息传来，有识之士无不痛心疾首。正如梁启超所说："吾国四千年大梦之唤醒，实自甲午战争败割台湾，偿二百兆始。"这首玄武湖的"记游诗"记录的正是一班以作者为代表的慷慨之士，他们在六朝故地的"安乐窝"和"清凉梦"里饮酒赋诗，怀古伤今，指陈时事，因"降幡屡竖"而大动"百年"之悲，"哀乐且图今日醉"中，充满了忧国忧民的赤子情怀。

元武湖：即玄武湖。龙松岑：名继栋，广西临栋人。举人，官户部主事，同游者之一。降幡：这里借用刘禹锡诗句"一片降幡出石头"。笳鼓、蓬船：此两句借湖上景指陈时事，讽刺"停战"、"合作"不过是梦。一客：指唐春卿，广西灌阳人。同治十年进士。一客是龙松岑。此句以下有作者自注："同座有沈霭苍，王雪岑两观察，何诗孙太守"。均为一时之名流。酒龙诗虎：酒量大、诗才敏捷的人。犯斗、星槎：指远归的使臣，作者自己。井阑、燕支：指胭脂井（景阳井）、焉支山（《史记·匈奴传》注："匈奴失焉支山，乃歌曰：失我焉支山，使我妇女无颜色。"焉支或作燕支或燕脂）此处绾合两典故慨叹国事难为。未渠央：未央。青盖黄龙："青盖"指孙皓入洛阳，"黄龙"是孙权称帝之年。奈何帝：《南史·陈后主纪》：蒋山众鸟鼓翼拊膺曰"奈何帝！奈何帝"。金叵罗：金饰酒杯。上野湖心亭：此处作者自注，上野西湖为日本东京游宴佳处。头冠腰箭：杜甫诗："良相头上进贤冠，猛将腰间大羽箭。"恣欢谑：肆意狂欢。结尾四句均为想象敌方的弹冠相庆和凯旋而归，表达作者对丧权辱国时局的切肤之痛。

张之洞 （1837—1909）

清代洋务派代表人物，诗人，文学家，教育家，字孝达，一字香涛，号壶公，别号无竞居士，河北沧州南皮人。同治二年（1863年）进士，授翰林院编修，外任山西巡抚、两广总督、湖广总督、两江总督、军机大臣等职，官至体仁阁大学士。他在南京创办三江师范学堂、水师学堂，主张"中学为体，西学为用"，被孙中山称为"不言革命的大革命家"。与曾国藩、李鸿章、左宗棠并称晚清"四大名臣"。有《张文襄公全集》。

鸡鸣寺

雨暗覆舟山，泉响鸡鸣埭，
埭流北湖水，僧住南朝寺。
当时造宫城，选此陵阿地，
朝市皆下临，江山充环卫。
白门游冶子，沓拖无生气，
心醉秦淮南，不踏钟山背。
一朝辟僧楼，雄秀发其秘，
城外湖皓白，湖外山苍翠。
南岸山如马，饮江驻鞍辔，
北岸山如屏，萦青与天际。
鹭洲沙出没，浦口塔标识，
烟中万楼台，渺若蚁蛭细，
亦有杜老忧，今朝谽蒙蔽。

鸡鸣寺，位于台城侧畔鸡笼山东麓的山阜上，是南京最古老的梵刹之一。历史可追溯至东吴的栖玄寺，寺址为吴国后苑之地；南朝梁普通八年（527年）梁武帝在鸡鸣埭兴建同泰寺，从此成为佛教圣地。明洪武二十年（1387年）朱元璋重建，题额为"鸡鸣寺"。

清朝末年，张之洞在两江总督任上，曾同其门生、后来成为戊戌"六君子"之一的杨锐，来此寺经堂侧楼上把酒临轩，纵论天下。正当甲午战前内忧外患之秋，杨锐诵读杜甫名篇《赠书监江夏李公邕》，其诗后四句为"君臣尚论兵，将帅接燕蓟，朗咏六公篇，忧来豁蒙蔽"，诵者反复吟之，声泪俱下，闻者无不动容。因此，当张之洞再督两江时，旧地重游，思念故人，遂有"余创于鸡鸣寺造楼，尽伐丛木，以览江湖"之举，"华农方伯捐资作楼，楼成嘱题匾，用杜诗'忧来豁蒙蔽'意名之。光绪甲辰九月无竟居士张之洞书"——这就是至今矗立在鸡鸣寺后山上的百年名楼"豁蒙楼"的由来。1994 年时任中国佛教协会会长的诗词大家赵朴初登楼题诗时留言："余少年时尝饮茶于此，壁间有梁任公题联云：江山重复争共眼，风雨纵横乱入楼；又有张之洞像。"在《鸡鸣寺》这首五言古风中，张之洞盛赞在鸡鸣寺山上远观近望"山水城林"融为一体的非凡气象，并借批评"白门游冶子，沓拖无生气，心醉秦淮南，不踏钟山背"，抒发作为一代名臣和清末改良派主将励精图治、积极进取的襟怀和魄力。诗的结尾，引用杜甫诗句，再次含蓄地记下了晚清风雨飘摇中那个鸡鸣不已、催人奋起的难忘时刻。

陵阿：丘陵。覆舟山：今称九华山。北湖：玄武湖。白门：代指南京。游冶子：浪子、玩家。鹭洲：白鹭洲。

康有为（1858—1927）

晚清思想家、教育家，改良主义的代表人物。原名祖诒，字广厦，号长素，又号更生，广东南海人，人称康南海。光绪乙未（1895年）进士，与梁启超发起著名的"公车上书"，领导了变法维新。戊戌变法失败后，成为保皇党。著有《新学伪经考》《大同书》《康南海先生诗集》。

游金陵明故宫及孝陵秦淮旧板桥

夕阳老柳板桥楼，颓尽明宫落瓦秋。

虎踞龙盘犹有梦，摩挲翁仲立螭头。

康有为作为晚清社会的活跃分子，在倡导维新运动时，体现了历史前进的方向。但戊戌变法失败后，在新的斗争形势下，他又成了保守派和复辟势力的精神领袖，站到时代潮流的对立面。这首诗作于清光绪八年（1882年）康有为25岁初游金陵时。这一年，他曾到北京参加会试，离京后南下宁、沪。此时距离他第二次进京赶考发动"公车上书"还有十多年，饱读诗书、满腹经纶，深受宋明理学和儒家思想熏陶的年轻士子才刚刚起步，接触西方新学和新事物，关心时政，憧憬未来。从他在明故宫深秋的夕阳下，一边感叹"虎踞龙盘犹有梦"，一边"摩挲"着神道旁的石翁仲，我们似乎看到了这位在未来中国政治舞台上大显身手后又倏然消失的广东才子的风神仪态。

翁仲：明孝陵神道上的石人像。螭头：古建筑或器物的龙首形装饰物，这里指明故宫殿基前排水的雕刻石。

周实（1885—1911）

近代诗人、民主革命烈士，字实丹，号无尽、山阳酒徒，山阳（今江苏淮安）人。光绪二十八年（1902年）淮安府秀才，两江师范学堂文科学生，宣统元年（1909年）参加革命文学团体"南社"。宣统三年（1911年）武昌起义，从南京回乡与阮式共谋响应，集会数千人，宣布光复，被山阳县令所诱杀。他是南社杰出诗人，有冲决封建罗网和革命救国的激情，风格雄劲奔放。著有剧作《水月鸯》、北曲《清明梦》，有《无尽庵遗集》传世。南社首领柳亚子为之作传，并辑有《周实丹烈士遗集》。

桃花扇题辞

千古勾栏仅见之，楼头慷慨却奁时。

中原万里无生气，侠骨刚肠剩女儿。

从洪秀全到孙中山，从太平天国到辛亥革命，多少志士仁人在风雨如磐的黑暗中寻求救国救民的真理，为推翻帝制、实现共和而奋起抗争。革命文学团体"南社"诗人、辛亥烈士周实（1885—1911年）就是武昌首义后，全国风从，南京尚负隅未下之际，回原籍与阮式发动山阳（今淮安）光复之举，激励了远近民众，推动了江苏革命形势的发展。两人被当地封建势力杀害的消息，震惊了全国，孙中山曾亲题挽联："喋血于孔子庙中，吾道将衰，周公不梦；阴灵绕淮安城上，穷途痛哭，阮籍奚归？"表示哀悼。民国成立后他下总统令，要求严惩凶手，给两位烈士建祠堂。1912年3月，周、阮被追认为烈士，重新厚葬，曾经暂厝过烈士棺柩的淮安开元寺经过改建，更名为"周阮二烈士祠"。

这首《桃花扇题辞》借南明爱国名妓李香君的故事，寄托他推翻满清、恢复中华的革命思想，发出那个时代的金陵学子的火热心声。周实牺牲时才26岁，他当时还是两江师范学堂的学生。

勾栏：妓院。却奁：《桃花扇》卷一第七出《却奁》，剧情为主人公李香君怒掷权奸阮大铖赠送的嫁妆。

民国时期

于右任（1879—1964）

诗人，政治家、教育家、书法家，陕西三原人，原名伯循，字诱人，别署大风。国民党元老，早岁办民呼、民吁、民立等报，后主编神州日报、舆论日报、草书月刊等。参与创办复旦大学、上海大学等多所高校。著有《右任诗存》。晚年居台时作《望故乡》："葬我于高山之上兮，望我故乡；故乡不可见兮，永不能忘。葬我于高山之上兮，望我大陆；大陆不可见兮，只有痛哭。天苍苍，野茫茫，山之上，国有殇！"

雨花台

铁血旗翻扫虏尘，神州如晦一时新。

雨花台下添新泪，白骨青磷旧党人。

1911 年 10 月 10 日武昌首义后，各地革命党人纷纷响应。11 月 8 日驻南京的新军第九镇官兵在徐绍桢统制率领下于秣陵关起义，突袭雨花台炮台，遭到张勋部"辫子军"的猛烈炮轰，由于弹药匮乏，新军官兵伤亡惨重被迫退避镇江。在镇江，第九镇官兵与江、浙、沪的革命军组成"江浙联军"，推举徐绍桢为总司令，再次挥戈南京。11 月 21 日，联军主力进攻紫金山天堡城，另一路由刘之浩率领攻打雨花台炮台。经过十余昼夜鏖战占领了雨花台，一举打开南京南大门。与此同时，联军攻占正阳门、天堡城以及幕府山炮台也先后取得胜利，清军失去全部屏障，张人骏、张勋等狼狈逃蹿，12 月 2 日南京光复，史称"辛亥革命雨花台之役"。1912 年孙中山在南京任临时大总统期间，专程到雨花台炮台视察，对雨花台之役给予很高评价。雨花台之役的阵亡将士和战马合葬于雨花台东岗山坡上，以为纪念。现存巨冢两座，为 20 世纪八九十年代间修缮，合冢前有石碑一通，上书"辛亥革命雨花台之役阵亡将士人马冢"。

此诗作于 1912 年。民国方始，黑暗的神州迎来第一线共和的曙光。作者为浇开"革命之花"的"先烈之血"洒泪，为千秋长留忠肝烈胆的金陵圣地雨花台，写下了这首深情的"祭歌"。

林述庆（1881—1913）

诗人，革命军将领，字颂亭，福建省闽侯人。早年加入同盟会，1911 年辛亥革命爆发后，于 11 月 7 日在江阴率部起义，攻占镇江。11 月 26 日率领镇江军一部参与江浙联军攻打南京，12 月 2 日率先攻入南京。1913 年在反袁斗争中，被袁世凯毒死。有《林颂亭遗诗》。

破天堡城马上口占

大好乾坤付战尘，六朝风月伴吟身。

依依无恙钟山树，应认江南旧主人。

天堡城位于南京太平门外紫金山西峰山顶，是太平天国时期修筑的军事要塞，东西长 62 米，南北宽 372 米，东、西、南三面均有进出口，居高临下，十分险要。1911 年 11 月 27 日开始的江浙联军攻打南京的战役中，革命军以主力部队攻克天堡城，决策正确，指挥得当，协同作战，士气高涨，短短几天就拿下了清军重兵把守的顽固堡垒。身为宁军都督的作者文武双全，在这个推翻满清王朝、取得重大胜利的战斗间隙，以这首充满胜利喜悦、声情并茂的七言绝句，表达了革命军将士对祖国山河的热爱，对历史的担当和从此"当家做主人"的坚定信念。

乾坤：天地。六朝风月：六朝古都人文荟萃，令人神往。吟身：诗人自谓。无恙：无病无灾，此处是问候语，表达作者对战争带来破坏的关切。旧主人：此句的意思是推翻了满清统治，江南又回归它的主人了。

余天遂（1882—1930）

诗人，原名寿颐，字祝荫，号荫阁，江苏昆山人，出身中医世家，师从胡蕴（石予）。1904年执教于苏州女校。越年女校停办，遂毁家兴学，自办弘志女学。1909年由柳亚子介绍参加南社，以诗名于时。1912年孙中山任临时大总统，延为大总统秘书；"二次革命"爆发后，参加粤军北伐总司令姚雨平戎幕。1916年应聘于上海澄衷中学。有《余天遂遗稿》。

初发金陵

钟山高拥石头城，虎踞龙盘旧帝京。
地势不须说天堑，共和战胜在民情。

有关作者的史料很少，有记载说他天资颖悟，才华出众，除诗文外，还精医术，解音律，善绘画刻印；其文多慷慨激昂，爱国奋烈之词，为南社诗人中所罕见。民国元年他在南京担任孙中山临时大总统的秘书，也曾任宋教仁等创办的《太平洋报》新闻主笔。这样一位才识之士，坚定地投身革命事业，1913年春宋教仁上海被刺后，孙中山发动声讨袁世凯的"二次革命"，他立即参加粤军北伐总司令姚雨平部从南京北上，踏上新的征途。这首《初发金陵》就是为此而写。

面对南北斗争的新形势，诗人说："虎踞龙盘"的六朝古都南京，又一次成为中国的"首善之区"，她所代表的是人心向往"共和"的时代潮流，无须以"天险"自夸，不可战胜的终究是"民情"。虽然"二次革命"由于种种原因遭受挫折与失败，但历史发展的事实证明诗人的预言是正确的：一心做"皇帝梦"的袁世凯，最终在国人的唾骂声中彻底倒台；中山先生作为中国革命先行者和他的战友们的不朽功绩，早已铭镌在20世纪中国革命和人民解放事业的丰碑上。

苏曼殊（1884—1918）

作家、诗人、翻译家，广东香山（今中山）人。原名戬，字子谷，又名元瑛，号曼殊。生于日本横滨，削发为僧，能诗擅画，通晓日、英、梵等多种文字，参加华兴会、同盟会，南社。著有《断鸿零雁记》，译有《悲惨世界》《拜伦诗选》，有《苏曼殊全集》行世。

莫愁湖寓望

清凉如美人，莫愁如明镜。

终日对凝妆，掩映万荷柄。

苏曼殊是近代文坛上的一位爱国诗僧、革命文学团体南社的重要成员，从辛亥前后到五四时期，都产生过较大的影响，其名声堪与另一位皈依佛门的文艺家弘一法师李叔同相提并论。他的诗风，既有愤世嫉俗、披肝沥胆的侠义，也有清艳明隽、缠绵悱恻的柔肠，正如他的言情小说，也曾被归入"鸳鸯蝴蝶派"的源流一样。这首五言小诗，写南京城西的美景，慧眼别具，构思巧妙，将清凉山、莫愁湖这两处地理位置靠得很近的金陵名胜，比作千古美人对镜梳妆："终日"言其地久天长，一个"凝"字刻画出波光粼粼中的绰影与幽静，"掩映万荷柄"既是实写湖景，又有几分"欲说还羞"的味道，将那湖光与山色的依依情怀、悠悠神韵，衬托得更加旖旎、动人。

寓望：寄寓之楼，可以观望。万荷柄：万柄荷，为押韵而倒置。

柳亚子（1887—1958）

诗人，文学家，社会活动家，原名慰高，字安如，改字亚子。苏州吴江人。1909年冬，创办南社。毕生从事文学创作、文化宣传和政治活动，曾任国民党革命委员会中央常务委员兼监察委员会主席、民主同盟中央执行委员。1949年后任中央人民政府委员、全国人民代表大会常委会委员。著有《乘桴集》《怀人集》《柳亚子诗文选》等。

重谒中山先生陵寝恭纪一律

白虎金精剑气开，招邀俊侣又重来。

旷观马列三千界，掩迹华拿第一才。

六代江山供屏障，三民主义岂沉霾？

焄蒿肃穆神灵在，敢效兰成赋大哀。

1927年"四·一二"政变中，国民党左派人士柳亚子遭到通缉，被迫流亡日本。翌年春，国内局势甫定，携眷回国，4月26日抵南京，谒刚落成的孙中山陵墓，同年8月6日又赴南京，再次拜谒中山陵，故诗题中云"重谒"。作者是近代中国社会政治舞台上的参与者、革命文学活动的积极倡导者，民国初年还曾在孙中山临时大总统府做过短期的秘书工作，对中山先生的思想、业绩和历史贡献多有了解，在诗中作了热情的赞颂；也表现出诗人直面现实的勇气和历史担当精神。

白虎、金精：均为星宿或方位名，主西方之神。这里形容中山陵墓的雄伟气势，也内含着中国近代接受西方影响的革命思想。三千界：佛家用语，犹言世界，借指马列主义理论体系之大。华拿：美国第一任总统华盛顿，法国政治家、军事家拿破仑。六代江山：六代指六朝，此句意指金陵形胜，中山陵高矗于紫金山南麓的中茅山坡，峰峦环卫，犹如屏障。三民主义：孙中山的思想学说与革命纲领。沉霾：埋没、泯灭。焄（xūn）蒿：香气（升腾），指祭祀之礼，对神灵的敬重。兰成：南朝文学家庾信，字兰成，历史名篇《哀江南》系其所著。

吴梅（1884—1939）

诗人，戏曲理论家、教育家，字瞿安，号霜厓，江苏长洲（今苏州）人。历任东吴大学、北京大学、东南大学、金陵大学教授。著有《霜厓诗录》《曲学通论》《中国戏曲概论》《元剧研究》《南北词简谱》等，又作有传奇、杂剧十二种。

过旧贡院

[商调山坡羊] 明远楼更筹都废，至公堂风霜未圮。二十年乡科早停。想当时短尽书生气。秋草肥，秦淮花月非。更几间矮屋，历遍沧桑矣。身外浮名，人间何世？东西文场改旧基，高低层楼接大堤。

旧贡院，指江南贡院，又称南京贡院、建康贡院，在金陵城南的贡院街上。这座始建于南宋乾道四年（1168 年），为中国古代规模最大的科举考场，南靠秦淮河，东邻夫子庙，不仅是繁华热闹的秦淮风光带中的三大建筑群之一，也是一处历史文化积淀深厚的名胜古迹。如今，在此建成中国科举博物馆，是我国首座反映科举考试制度历史源流的专业性博物馆，也是中国科举制度、科举文化研究与科举文物收藏中心。

散曲《过旧贡院》的作者吴梅先生，1922 年春到 1932 年秋，在南京东南大学（后改中央大学）、金陵大学（即今南京大学）任教，是国内首屈一指的国学专家和词曲大师。从曲中"二十年乡科早停"句来看，写作时间应在 1925 年以后，因为光绪卅一年（1905 年）袁世凯、张之洞奏请清廷立停科举，以便推广学堂，咸趋实学，从此江南贡院便结束历史使命。作为研究国学又是新学人的散曲家，吴梅先生是站在 20 世纪二三十年代的学术制高点上，面对历史发展和时代潮流的大背景下，来抒与他过"旧贡院"的内心感受。

曲中首先交代了"明远楼"和"至公堂"这两座主体建筑尚存的现状，一个制度已废、不起作用了，一个饱经风霜，十分破旧，对它们曾代表束缚思想、钳制人才的旧礼教、旧体制予以抨击。紧接着，就眼前的荒草遍地、矮屋零落，进行了"吊古思今"。国学大师在曲中做出的结论是："身外浮名，人间何世？"以及"东西文场改旧基，高低层楼接大堤"——最后的这一句，既是曲家当年眼前的"景语"，也带出了他心中的"情语"和"思绪"：对未来中国文化发展与人才培育的展望和祝福。

大师毕竟是大师，站在新世纪的今天，回味先贤的曲辞，仍令人耳目一新。

明远楼：江南贡院中轴线上可以俯瞰考场全貌的标志性建筑，始建于明嘉靖十三年（1534 年），至今保存完好。至公堂：监临大员和提调官的办公场所。乡科：乡试。这里泛指科举制度。

汪东（1890—1963）

诗人、文学家、教育家。原名东宝，后改名东，字旭初，号寄庵，别号寄生、梦秋。早年留学日本，追随孙中山先生，从事反对帝制、宣传民主革命，曾任《大共和日报》总编辑、中央大学文学院院长等职，人称"能铁血也能风雅的革命者"，著有《汪旭初先生遗集》《梦秋词》。

虞美人

登北极阁故址，今为气象台。

高秋与我襟怀好，落叶纷如扫。天风吹上九层台，但见连山如垤水如杯。

明明河汉通微路，也拟骖鸾去。沉思依旧住人间，上界仙官不似散人闲。

北极阁，即鸡笼山，位于南京中心地带鼓楼之东，刘宋时在山顶建立日观台。明洪武十八年（1385年）在山顶建观象台，设有铜铸的浑天仪、简仪、圭表等天文仪器，清建"万寿阁""御碑亭"于其上。因亭阁位于明代"真武庙"后上方，故称北极阁。1927年，中国现代气象学的奠基人竺可桢先生筹建中央研究院气象研究所，在此建立中国近现代第一个国家气象台——北极阁气象台。如今这里是江苏省气象台所在地。作为中国近现代气象科学发祥地，北极阁在中国和世界气象界都有举足轻重的地位，建立在这里的"中国北极阁气象博物馆"是我国第一个气象专业性博物馆，每年3月24日（世界气象日）向公众开放一天。

这首题材新颖、诗意活泼的词作，将北极阁的秋景和气象台的观摩印象，描绘得自然生动、亲切可感。词人的咏叹与沉思，不仅仅是对人间的依恋，更是对"上界仙官"科技工作者的赞美：他们比我们这些"散闲之人"忙啊，天天要管地面和水面上的"天气情报"呢。

垤（dié）：蚁穴形成的土堆，比喻北极阁周围的小山之小。骖（cān）鸾：乘驾鸾鸟。

民国七教授

著名学者程千帆（1913—2000 年）先生在其遗著《闲堂文薮·黄季刚老师逸事》中记叙了1929年元旦，黄季刚(黄侃)和陈伯弢、王伯沆、胡翔冬、胡小石、汪辟疆、王晓湘等七位中央大学、金陵大学名教授在鸡鸣寺豁蒙楼上诗酒联句的往事："当时在中大、金大中文系任教的都是一些学术文词兼擅的先生。每逢春秋佳日，他们集会在一起，登高赋诗。我现在还保存着一件珍贵的文物，就是1929年老师们《豁蒙楼联句》的手迹。这是七位老师用鸡鸣寺中和尚的破笔在两张长条毛边纸上写的，每人写上自作诗句，并署名其下。"

豁蒙楼联句

蒙蔽久难豁（弢），风日寒愈美（沆）。
隔年袖底湖（翔），近人城畔寺（侃）。
筛廊落山影（辟），压酒潋波理（石）。
霜林已齐髡（晓），冰花倏撷绮（弢）。
旁眺时开屏（沆），烂嚼一伸纸（翔）。
人间急换世（侃），高遁谢隐几（辟）。
履屯情则泰（石），风变乱方始（晓）。
南鸿飞鸣嗷（弢），汉腊岁月驶（沆）。
易暴吾安放（翔），乘流今欲止（侃）。
且尽尊前欢（辟），复探柱下旨（石）。
群履异少年（晓），楼堞空往纪（弢）。
浮眉把晴翠（沆），接叶带霜紫（翔）。
钟山龙已堕（侃），埭口鸡仍起（辟）。
哀乐亦可齐（石），联吟动清沘（晓）。

1929 年元旦（农历戊辰冬月 21 日），国学大师黄侃（1886—1935，字季刚）约请陈伯弢（1863—1938，名汉章）、王伯沆（1871—1944，名瀣，一字伯谦）、胡翔冬（1884—1940，名俊）、胡小石（1888—1962，名光炜，号倩尹，晚年别号沙公）、汪辟疆（1887—1966，原名国垣，字笠云，后改字辟疆）、王晓湘（1889—1956，名易）登临鸡鸣寺最高处的豁蒙楼。七位教授都是名重当世的诗词家和大学者，正当 20 世纪二十年代末"蒙蔽久难豁"的岁寒时节、新年伊始，他们面对被朱自清先生称赞过的"坐在一排明窗的豁蒙楼上，看面前苍然蜿蜒着的台城。台城外明净荒寒的玄武湖，就像大涤子的画"，触景生情，感时伤怀，即兴联句，用寺僧提供的陋纸与秃笔，五言十四韵，逐行具名于句下，完成了这首"浮眉挹晴翠，接叶带霜紫"又穿越了悠悠岁月的斑斓诗章。

当年联句时，除陈伯弢先生已年逾花甲，其他如黄季刚、胡小石、王晓湘、汪辟疆等人正当四十上下的壮年。他们学富五车，才高八斗，教学之余相约登高赋诗，于"风日寒愈美"中"压酒溯波理"，寄情山水，逍遥物外；"且尽尊前欢"的同时，也不忘"旁眺时开屏"、"复探柱下旨"。这群始终关注着国家命运、民族前途的爱国知识分子，敏锐地感受着"人间急换世"、"风变乱方始"的社会现实；从"群履异少年，楼堞空往纪"、"钟山龙已堕，埘口鸡仍起"这些闪烁着时代光影的描绘中，读者同样能够领悟到跃动在他们心头的"哀乐亦可齐，联吟动清沘"……如闻其声、如见其人。

豁蒙楼之名，系清末张之洞总督两江时为纪念其门生、"戊戌六君子"之一的杨锐而取，故此楼亦成为清末以来志士仁人、各界名流登临与酬唱之所。《豁蒙楼联句》为我们留下了 20 世纪二三十年代之交，以黄季刚为代表的联句作者们的共同心声和文学群像。对我们了解近代中国风雷激荡、潮起潮落的特定时空下，一代晚清士子和民国学人所经历的从"回归书斋"到"走出围城"的求索之路；认识学术大师们才识情操、胸襟抱负和人格风范的砥砺与形成，都是一份珍贵的参考，一个时代的印记。

蒙蔽久难豁：语出杜诗"忧来豁蒙蔽"，原意为忧愁袭来，能够打破曾经遭受的蒙蔽，让人豁然清醒。开屏：开窗。豁蒙楼三面有窗，是观景的绝佳处。朱自清在散文《南京》中说："豁蒙楼一排窗子安排得最有心事，让你看得一点不多，一点不少"。汉腊：汉代祭祀名。汉以戌日为腊，即农历冬至后第三个戌日。易暴：以暴易暴，典出"登彼西山兮，采其薇矣，以暴易暴兮，不知其非矣。《史记·伯夷列传》。乘流：语出枚乘《七发》："汩乘流而下降兮，或不知其所止。"尊：同"樽"。柱下旨：老子曾为周柱下史，后以"柱下"为老子或老子《道德经》的代称。刘勰《文心雕龙·时序》："诗必柱下之旨归，赋乃漆园之义疏。"。群履：指联句者。龙已堕：豁蒙楼窗面对钟山，钟山龙盘是有名的典故，这里喻指帝制已推翻。鸡仍起：鸣鸣寺就在古鸡鸣埭口，引起诗人联想。清泚（cǐ）：水清、澄明。

恽代英（1895—1931）

中国共产党早期青年运动领导人，革命烈士，江苏武进（今属常州）人。学生时代参加革命活动，武汉地区五四运动主要领导人。1921年加入中国共产党，1923年任上海大学教授。同年8月被选为中国社会主义青年团中央委员、宣传部部长，创办和主编《中国青年》。1927年中共"五大"当选中央委员，同年参加南昌起义和广州起义，1928年后在党中央宣传部工作。1930年5月在上海被捕，1931年4月29日在南京就义。

狱中诗

浪迹江湖忆旧游，故人生死各千秋。

已摈忧患寻常事，留得豪情做楚囚。

《狱中诗》系恽代英烈士在1931年2月被转押到南京中央军人监狱后所写，距离他被叛徒顾宪章出卖，英勇牺牲时间很短，是他留在金陵古都的诀别诗。诗中记下他一生为革命奔波，与战友们前赴后继，将个人生死置身度外，决不改变革命气节的铮铮誓言，体现了这位青年运动领袖的高尚人格与革命家的壮志豪情。

1950年，周恩来为纪念恽代英殉难19周年题词，对他的一生作了高度的概括："中国青年热爱的领袖——恽代英同志牺牲已经19年了，他的无产阶级意识、工作热情、坚强意志、朴素作风、牺牲精神、群众化的品质、感人的说服力，应永远成为中国青年的楷模。"如今，在南京江东门外的烈士殉难处，矗立着一座恽代英烈士的汉白玉雕像。

旧游、故人：旧交、老友，此处指革命同志。千秋：形容岁月长久，也指将来的历史。摈：排除、摒弃。楚囚：典出《左传·成公九年》：春秋时，楚国人钟仪做了晋国的囚犯，但还是戴着南冠，使晋人为之动容。后以"楚囚"喻身在囹圄能保持气节者。

鲁迅（1881—1936）

  文学家、思想家、教育家，中国现代文学奠基人之一。原名周树人，字豫才。浙江绍兴人。1898年来南京求学，先后入江南水师学堂、陆师学堂附设的矿务学堂。1902年去日本学医。其一生在文学创作、文学批评、思想研究、文学史研究、翻译、美术理论等多个领域具有重大贡献。对于五四运动以后的中国社会思想文化发展具有重大影响，蜚声世界文坛。

赠画师

风生白下千林暗，雾塞苍天百卉殚。

愿乞画家新意匠，只研朱墨画春山。

  《赠画师》是鲁迅1933年写给日本画家望月玉成的一首七言绝句。开篇两句从写景着笔，以"风生白下"的一幅千林昏暗、雾塞苍天、百花凋残图，喻指20世纪三十年代初以首都南京为代表的国内情势与危艰时局。正是1930年中国左翼作家联盟在上海成立（鲁迅是发起人之一，也是它的精神领袖），1931年"九一八"以后日本侵占东三省，救亡图存已迫在眉睫，因此诗的后两句希望画家有新的艺术创见，用来描画明媚秀丽的人间山水，分明寄托了作者对于广大文艺工作者的期盼，是对有光明未来的国家前途和民族命运的祝福。含意深远，信念坚定。

  白下：原指白下城，后作南京的别称。殚：此处为凋残、落尽。意匠：陆机《文赋》"意习契而为匠。"指艺术创造上的构思。朱墨：朱为红色，墨为黑色，均为写字作画的颜色。

夏承焘（1900—1986）

诗人，词学家，字瞿禅，后改字瞿髯，别号谢邻，浙江温州人。历任西北大学、之江大学、杭州大学教授，中国科学院文学研究所研究员。著有《唐宋词人年谱》《唐宋词论丛》《夏承焘词集》。

台城路

甲戌冬，侍亲游金陵，瞿安翁嘱和登豁蒙楼词。

过江人物余钟阜，湖天向谁危坐？胜日清尊，浮生笑口，忍话昇州兵火。东篱败朵，倘会得悠然，看山犹可。一片斜阳，谁教哀角又吹破。

袖中远游章句，石城艇子曲，肠断难和。语鹤关河，听鹃声世，衮衮衣冠江左。青山笑我，甚酒阵歌围，来吟哀些。来日聊城，看谁飞一笴。

1934 年寒假，在之江大学任教的作者，陪父亲来南京旅游。在宁期间，他拜访不少词学界师友。本篇小序中的瞿安翁，即吴梅先生，当时在南京中央大学任教，吴先生陪同作者游鸡鸣寺，登豁蒙楼。因吴先生重阳节登此楼写过一首《齐天乐》，故小序中有"嘱和"之说。《台城路》是词牌，又名《齐天乐》，源自周邦彦词"绿芜凋尽台城路"句。

词的上片，写登楼远眺与欢会时的所见所思，借"衣冠南来"的六朝人物与历史典故怀古伤今，"兵火""哀角"句均语系双关，触及 30 年代日本侵华史实。词的下片，更联系这令人"断肠难和"的当年时事，面对青山如故和"酒阵歌围"的场面，抒发作者心中悲愤难抑的忧国忧民之情。学者俞润生评论此作时说："这首词颇具周邦彦词的风格，凝重、典雅，迭用典故，委婉曲折，而又切合主题。"

过江人物：即晋室南渡的北方贵族。余钟阜：只有钟山还在。昇州兵火：南京自古战事多。东篱败朵：秋菊已残，接下句"悠然"，意为若有陶渊明那样的兴致，钟山也值得观之。语鹤关河：典出《搜神后记》，说西汉时辽东人丁令威学道于灵虚山，成仙后化鹤而回故里，站在一华表上高唱："去家千岁今来归，城郭如故人民非。"听鹃声世：指望帝鸟（杜鹃）啼血的传说，蜀君杜宇国亡身死，魂化为鸟。衮衮衣冠：衮，本指古代王侯穿的礼服，后代指显贵。此处指偏安江左的高官。哀些：哀兮，哀歌。聊城、一笴：典出《史记·鲁仲连邹阳列传》。燕将攻克齐国聊城，双方死伤严重，鲁仲连写了一封义正词严的书信，射入城中，燕将读后忧虑惧怕，拔剑自刭，于是齐军轻胜。后以"鲁连书"谓以文克敌，不战而胜。笴，箭杆。

唐圭璋（1901—1990）

诗人，词学家，字季特，南京人。1949 年前曾任中央大学、金陵大学中文系教授。新中国成立后历任南京大学、东北师范大学，南京师范大学中文系教授。编著有《全宋词》《全金元词》《词话丛编》《宋词鉴赏辞典》等。

琵琶仙

甲戌春，同榆生游莫愁湖；湖涸楼空，四顾凄清，因相约为赋，依白石四声。

烟渚莎萦，暖风漾、乍立垂杨阑曲。天半潮落澄江，千帆蔽林木。鸥梦远、蘋洲望断，问十里、藕吟谁续。一卷生绡，齐梁旧月，伤尽心目。

怅无计、消得春愁，共清赏、天涯爱幽独。尘网文梁题字，只平芜新绿。花外引、红襟燕子，尚一双、软语空谷。隔岸天阔云闲，翠峰如簇。

莫愁湖在南京水西门外，地属长江江汉地区，秦淮河原由此入江，后填隔为湖。作为一座有 1500 年悠久历史和丰富人文资源的江南古典名园，自古就有"江南第一名湖""金陵四十八景之首"等美誉。胜棋楼、郁金堂、赏河厅、水榭、抱月楼、光华亭、曲径回廊等掩映在山石松竹、花木绿荫之中，一派"欲将西子莫愁比，难向烟波判是非。但觉西湖输一着，江帆云外拍云飞"（袁枚《和松云太守莫愁湖诗》）的宜人景色。

1934 年春，词学大师唐圭璋先生与其友人，上海暨南大学教授、《词学》主编龙榆生先生同游莫愁湖后，相约作词。学者钱旭初评论此词说："此作调寄《琵琶仙》，按姜夔此调四声而赋，于兹可见作者对词律的讲究，词境也蕴藉清空，深得白石神味。此词写湖，又并不限于湖，而是把目光引向长江，引向平芜，引向云天和翠峰，视野广阔，寄慨遥深。"

烟渚：雾气笼罩的洲渚。莎：草名，香附子，又名地毛、沙随。阑曲：栏杆曲折处，代指亭台楼阁。鸥梦：喻指隐逸的志趣。清王鹏运《水调歌头·淮安舟中》："试看沧波冷，鸥梦不能惊。"蘋洲：远望中的江心绿洲。藕吟：明杨维桢《玉莲曲》："柔丝断藕肠。"此处词意即为"谁续断肠吟"。生绡：未漂煮过的丝织品，古时用以作画，此处指画卷。齐梁：代指南朝。尘网：蛛网尘封。平芜：草木丛生的平旷原野。红襟：燕子的颌下羽毛带红，故有此称。软语：指燕语呢喃。

望海潮·七七抗战纪念献词

檿枪蔽月，阴氛卷地。匆匆苦战经年。血溅黄沙，尘飞沧海，貔貅百万争先。千弹似珠连。任壕崩堡毁，臂折胸穿。守土难移，荒村劫火照颓垣。

好军砥柱中坚，看危岩立马，绝壑挥鞭。沉舰江心，堕机林表，尸灰满载东还。劲旅会中原。但前摧后继，誓涤腥膻。收拾山河，大旗飘拂入云天。

这首《望海潮》写于1939年7月，为纪念全面抗战爆发两周年而作。词人以"檿枪蔽月，阴氛卷地"开篇，刻画出一幅日寇侵华的无耻行径，激起我中华民族奋起反抗，不愿做亡国奴，"血溅黄沙，尘飞沧海，貔貅百万争先"的历史画卷。上片揭露敌人的残暴，讴歌"匆匆苦战经年"的曲折与艰辛。评家韦晓东先生说，"面对抗战烽火，尤其是自己的故土南京为日寇所屠戮，向来温良恭俭让的词人，也掩不住汹涌而出的悲凉和悲壮"，"以啼血之词写尽了战争的创伤"。下片，词调转向高昂，从"好军砥柱中坚，看危岩立马，绝壑挥鞭"，到"沉舰江心，堕机林表，尸灰满载东还"，作者以我军"前摧后继，誓涤腥膻"的大无畏形象和敌我双方在持久战中的力量消长，表达了自己对抗日战争一定会取得最后胜利的坚定信念，因此这也是一首充满了民族正气、耿耿丹心与岁月长存的爱国壮歌。

檿枪：彗星的别名，古人认为是凶星，代表邪恶势力，这里喻指日本侵略者。貔貅：又名辟邪、天禄，传说的神兽，常作军队的代称，意为雄师，这里指我军。腥膻：旧指入侵的外敌。

朱偰（1907—1968）

诗人，文史学家，经济学家，字伯商，浙江海盐人。早年毕业于北京大学，1929年赴德国柏林大学留学，为经济学博士，曾任中央大学、南京大学教授，江苏省文化局副局长、江苏省文物管理委员会副主任等职务。20世纪50年代中期拆毁南京明城墙，挺身而出，呼吁制止，因而招致批判迫害。著有《金陵古迹名胜影集》《金陵古迹图考》《建康兰陵六朝陵墓调查报告》《玄奘西游记》《孤云汗漫》等。

吊六朝诸陵诗

建康陵墓尽残丛，石兽苍凉夕照中。
断碣飘零三国雨，铜驼惨淡六朝风。
神州河朔悲丧乱，南部江山苦战攻。
最是西京俱泯灭，不堪回首旧金墉。

20世纪30年代中期，有一对学者父子，在南京四周的荒郊野外，做了大量细致、深入的考古调查，对分散和湮没在岁月尘封中的六朝陵墓及相关历史遗存，进行了系统的整理与记录。他们的名字和业绩，永远闪耀在历史文化名城南京的不朽丰碑上——那就是以生命、忠诚和热血，保护和捍卫了南京明城墙而名闻海内的著名学者、文物保护专家朱偰先生和他的父亲、曾任北京大学和中央大学两所名校历史系主任、教授的著名历史学家朱希祖先生。七律《吊六朝诸陵诗》就写于这个时期，生动地记录了作者遍访六朝陵墓石刻遗踪时，有感于历史文化遗存的无比珍贵，以及"建康陵墓尽残丛，石兽苍凉夕照中"的令人担忧。

建康陵墓：泛指南京及周边地区的六朝王侯墓及相关历史文化遗存。石兽：以辟邪雕像为标志与代表作的六朝石刻，如今此作成为南京"城徽"的组成部分。断碣：断碑。铜驼：汉时皇宫前饰物，代指宫殿，后来也喻兴亡。河朔：泛指黄河以北的地区。西京：一般指西安，为历史上十三个王朝的首都，也指洛阳等处。金墉：指三国魏明帝时所筑的金墉城，其遗址在今洛阳市东，亦称"阿斗城"。

栖霞红叶

萧森秋色斗清妍，锦绣重重万壑连。

已染青山霜降后，更添黄叶立冬前。

似酡似醉佳人色，如火如荼夕照天。

红剪一林巫峡杳，烟深千里楚江边。

"春牛首，秋栖霞"是南京人世代相传、引以自豪的"口头禅"。那"似酡似醉佳人色，如火如荼夕照天"的满山红叶，早已成为天下人所熟悉的"栖霞山名片"。作为我国著名红叶观赏胜地之一，栖霞山森林面积5000余亩，红叶树种遍布全山，树龄两百年以上的古枫树有4000余株，加上鸡爪槭、榉树、盐肤木、黄连木等红叶树，全景区的红叶树达15万株以上。难得的是到目前为止，人们在吟哦古今红叶诗佳作时，经常会引用或提到朱偰先生的这首《栖霞红叶》，个中缘由当然也跟作者的学术实践有关，因为南京的南朝陵墓石刻，大多在栖霞山所在的栖霞区境内。他还有一首《雨中重游栖霞》记录其当年探幽访胜的经历："栖霞秋雨苦连绵，红树青山入望妍。古径不曾缘客扫，丹枫依旧傲霜鲜。行宫殿址蔓荒原，居士楼头锁暮烟。怅望天涯何所见，江声暝色白云边。"可以说栖霞红叶上，也寄托着这位金陵历史文化大家和名城保护功臣所留下的热忱与期许。

清妍：美好。酡：本义为醉酒，引申为因喝酒而脸红，红色的一种。荼：茅草的白花，在成语"如火如荼"中有热烈、旺盛之意。巫峡：长江三峡之第二峡，绮丽幽深，以俊秀著称天下，此处喻指栖霞秋色之美。杳：深广、幽缈。

田汉（1898—1968）

诗人、剧作家、文艺活动家，中国现代戏剧奠基人之一。字寿昌，笔名陈瑜，湖南长沙人。早年留学日本，回国后与郭沫若等组织创造社，又创办南国社，从事话剧、电影创作和左翼文化运动。1932年加入中国共产党，1934年为电影《风云儿女》作主题歌《义勇军进行曲》（聂耳作曲），后为中华人民共和国国歌。

出狱闻聂耳在日本千叶海边溺死

一系金陵五月更，故交零落几吞声。
高歌正待惊天地，小别何期托死生！
乡国只今沦巨浸，边疆次第坏长城。
英魂应化狂涛返，重与吾民诉不平。

1935年7月17日，年仅23岁的聂耳在日本藤泽市海边游泳时不幸溺水身亡。当时，田汉正在南京遭牢狱之灾。1935年2月中共江苏省委和上海文委被破坏，田汉与阳翰笙等人被捕入狱，后经组织营救保释出狱，被软禁家中。这首诗写在1936年5月，诗前有作者小序："出狱后忽闻聂耳兄以学游泳于太平洋羁魂不返。其与吾国之音乐、戏剧、电影界之损失，一时殆无法补偿。上海友人有追悼之意，从而写此，不觉泪随笔下也。"

今天，田汉的这首悼念诗，被镌刻在昆明西山人民音乐家聂耳墓的大理石拱墙上。墓前碑刻上还有郭沫若所撰的墓志铭："中国革命之号角，人民解放之鼙鼓也。其所谱《义勇军进行曲》已被选为代用国歌，闻其声者，莫不油然而兴爱国之思，庄严而宏志士之气，毅然而同趣于共同之鹄的。聂耳乎，巍巍然，其与国族并寿，而永垂不朽乎！"

一系：此处指因系，身陷囹圄。更：夜时。吞声：无声悲泣。沦巨浸：这是由聂耳海难引起的联想，国家和人民遭受侵略，面临生死关头。坏：意指日寇侵华，国土沦丧。有版本作"死"或"怀"，似有误。

沈祖棻（1909—1977）

诗词家，文学家，文论家，女，字子苾，别号紫曼、绛燕、苏珂。祖籍浙江海盐。先后在金陵大学、南京师范学院、武汉大学中文系任教，有"当代李清照"美誉，与其夫程千帆先生并称"昔时赵李今程沈"。早年写历史小说，亦为格律体新诗先驱诗人之一。著有《宋词赏析》《涉江诗稿》《涉江词稿》等。

浣溪沙（三首）

客有以渝州近事见告者，感成小词。

岁岁新烽续旧烟，人间几见海成田，新亭风景异当年！
如此山河输半壁，依然歌舞当长安，危阑北望泪如川。

莫向西川问杜鹃，繁华争说小长安，涨波脂水自年年。
筝笛高楼春酒暖，兵戈远塞铁衣寒，尊前空唱念家山。

辛苦征人百战还，渝州非复旧临安，繁华疑是梦中看。
彻夜笙歌新贵宅，连江灯火估人船，可怜万灶渐无烟。

1932 年春，就读于中央大学文学院中文系的沈祖棻，在文学院长兼中文系主任汪东先生讲授的词选课上，写出她早年成名作《浣溪沙》："芳草年年记胜游，江山依旧豁吟眸。鼓鼙声里思悠悠。三月莺花谁作赋？一天风絮独登楼。有斜阳处有春愁！"汪东先生读到此词，"对 1931 年九一八事变后的民族危机，在一个少女笔下有如此微婉深刻的反映，感到惊奇，就约她谈话，加以勉励，从此她对于学词的兴趣更大，也更有信心了"。这是程千帆先生在《沈祖棻小传》中的记叙，程文还忆及 1937 年抗战爆发后，民族的苦难，个人的流离辛苦，使女词人写出了一系列内涵更深刻的组词，抒发家国兴亡之感。汪先生对这些词给予了极高的评价："诸作皆风格高华，声韵沉咽，韦冯遗响，如在人间。一千年无此作矣。"

《浣溪沙》词三首写于 1942 年 1946 年在成都金陵大学和华西大学执教时。"抗战后期，国民党反动派的丑恶面目逐渐暴露，纸醉金迷和啼饥号寒两种截然不同的生活，使得女诗人万分愤慨，她拿起笔来战斗了。在这一时期的词中，她忠实地写出了当时政治社会生活的某些侧面。这四年是她创作最丰富的时期。"（引自程千帆《沈祖棻小传》）上世纪六七十年代，台湾大学教授、著名作家和书法家台静农先生曾亲笔抄录女词人的这篇《浣溪沙》词，并在抄件旁附注："此沈祖棻抗战时所作，李易安身值南渡却未见有此感怀也。"可见这组《浣溪纱》流传与影响之广。

渝州：抗战时期的陪都重庆。新亭：借晋室南渡后"新亭对泣"的典故，暗喻抗战时期的陪都重庆达官贵人们纸醉金迷、醉生梦死。西川：四川西部，代指益州（成都）。长安：代指重庆。尊：同"樽"。估人：商人。旧临安：南宋时的陪都（即杭州）。

陈独秀（1879—1942）

文学家，政论家，字仲甫，号实庵，安徽怀宁（今安庆）人。1915年在上海创办《新青年》，1917年任北京大学教授兼文科学长，与李大钊创办《每周评论》，是五四新文化运动与文学革命的倡导者之一，中国共产党早期领导人。1932年10月被国民党政府逮捕，1937年7月出狱，同年8月辗转入川，定居江津（今属重庆市），晚年从事文字学研究。其政论文汪洋恣肆、尖锐犀利，新旧体诗与书法也独具一格。主要著作被收入《独秀文存》《陈独秀文章选编》《陈独秀思想论稿》《陈独秀著作选编》等。

对月忆金陵旧游

匆匆二十年前事，燕子矶边忆旧游。

何处渔歌惊梦醒，一江凉月载孤舟。

1937年7月抗日战争爆发，被国民党政府关了四年的陈独秀，离开了南京老虎桥监狱。同年8月他辗转武汉、重庆，来到川东小城江津，在这里又住了四年多，完成了他最后一部著作《文字新诠》（原书名《小学识字教本》），1942年5月27日在贫病交加中孤寂离世。

七言绝句《对月忆金陵旧游》写于1941年秋天，距作者病逝只有半年多，是陈独秀现存诗作中最后也是流传较广之作。这位新文化运动领袖、20世纪前半叶中国革命与思想界影响甚巨的风云人物，以旧瓶装新酒，通过凝练、隽永又空灵、开阔的传统诗意境，忆及"匆匆二十年前事"，追问"何处渔歌惊梦醒"，将他波澜壮阔、起伏跌宕的一生，浓缩在"一江凉月载孤舟"的萧瑟形象里，定格在从"燕子矶边"到远至巴蜀的万里长江之上，留下了这位扬子江之子、也是"新青年"导师与新文化代表人物乘风破浪、艰难前行的身影。

林散之（1898—1989）

　　诗人，书法家，名霖，又名以霖，字散之，号三痴、左耳、江上老人等，安徽和县乌江人。新中国成立后，当选安徽省第一届人民代表大会代表，曾任江浦县（时属安徽）农田委员会副主任、江浦县副县长。20世纪六十年代初入江苏省国画院任专职画师。国家一级美术师、省书法家协会名誉主席。1972年中日书法交流选拔时一举成名，有"当代草圣"之誉。著有《江上诗存》等。

古银杏行并序

　　卅四年秋，偕汉吾、季仲由狮子林至汤泉惠济寺，访所谓银杏者。树凡三本，大可十二人围，小亦七八人围，相传南唐时物，或曰北宋物也。爰钩其约略，并长句存之。

汤泉镇阴惠济寺，中有银杏希世瑞。
于寺东隅奇生一，于寺西陬偶生二。
长者巍巍伯氏行，仲者雍穆拱名次。
修容叔氏更奇特，岸然离立耸孤志。
怒枝高亚力撑天，繁荫苾勃香萝地。
肉死皮皱蚀冻雨，乳垂子落滴寒翠。
荒渺幽迥忘岁年，生不南唐定宋季。
可怜莘老与熙载，不能详此入碑记。
忆昔寺蒙恩宠赐，昭明游息之所寄。
良夜几闻读书声，芳园时发春草思。
星移世易人物换，独余老木煦生意。
千年俄顷真如醉，邯郸惊醒卢生睡。
樗散幸为无用材，斧斤乃不遭妒忌。
古干人谁三代器，破瓦心惊九朝事。
黄蒿芃芃跳狐狸，青磷隐隐号魑魅。

菀枯空作身世悲，兴亡屡下山河泪。

前之览者知凡几，后之览者又将至。

我今对树发长叹，苦留怀古几行字。

原注：宋时孙莘老、秦观、韩熙载游处其间，碑志漫漶，不可辨识矣。

　　惠济寺位于南京市浦口区汤泉街道北，始建于南朝，初名汤泉禅院。南朝刘宋时，武帝刘裕万乘来游；萧梁时，昭明太子萧统曾在此读书。寺内现存遗物有础石、碑刻、古井及三株古银杏。古银杏树树龄皆在千年以上，相传为南朝萧梁太子萧统手植。一名"千年垂乳"，高20余米，胸围7米有余，需七人方可合围，有七条气根，最大气根长达2米多，气根最大直径30厘米，周长90厘米，犹如巨乳悬于空中，观者神秘之感油然而生；二名"撑天覆地"，高达24米，树冠奇大，覆盖地面半亩有余，夏日可容千人纳凉；三名"雷击复苏"，此树咸丰年间遭雷击烧毁半株，数年后又奇迹般复苏，虽形成空洞却又合抱在一起，因此当地人又称它为"辟邪树"。

　　《古银杏行》写于1945秋，诗人以长达36句的歌行体，引人入胜又相当准确地记录其自然形貌和历史由来，以及相关的传说掌故，咏叹此"稀世祥瑞"的强大生命力与出类拔萃的高风亮节，追踪前贤足迹，启迪后昆返思，实为颂扬金陵物华天宝与两浦乡土文化的一首力作。

　　伯氏：长子，长兄之谓。雍穆：和睦，这里指兄弟相处，亦有庄重之意。叔氏：排行第三。高亚：高低。苾勃（bì bó）：香味浓郁。忆昔、昭明：此两句指惠济寺历史悠久，初建于南朝刘宋时。萧梁时，昭明太子在此读书。邯郸、卢生：即成语"黄粱美梦"的故事。卢生在邯郸旅店做了一场享尽荣华富贵的好梦，醒来时小米饭还没有熟。樗散（chū sàn）：樗木材劣，多被闲置。比喻不为世用，亦常作自谦之辞，此处有赞其不入俗流之意。九朝：言其经历朝代之多。芃芃：草木茂盛。魑魅：山神、鬼怪。菀（yù）枯：荣枯，亦喻荣辱、优劣。

陈寅恪（1890—1969）

诗人、历史学家、古典文学研究家、语言学家，字鹤寿，江西九江人，生于湖南长沙。祖籍福建上杭。先后任职任教于清华大学、西南联大、广西大学、燕京大学、中山大学等。与叶企孙、潘光旦、梅贻琦一起被列为清华百年历史上四大哲人。著有《隋唐制度渊源略论稿》《唐代政治史述论稿》《元白诗笺证稿》《金明馆丛稿》《柳如是别传》《寒柳堂记梦》等。

南朝

金粉南朝是旧游，徐妃半面足风流。
苍天已死三千岁，青骨成神二十秋。
去国欲枯双目泪，浮家虚说五湖舟。
英伦灯火高楼夜，伤别伤春更白头。

1945 年抗战胜利后，陈寅恪应聘去牛津大学任教。早在 1939 年牛津大学就向他发出任汉学教授的邀请，英国皇家学会也授予他研究员职称，但因为二战爆发，他被滞留在香港，在香港大学任教并兼中文系主任，直到太平洋战争日军占领香港后他才辞职闲居。七律《南朝》是陈寅恪旅英后于 1946 年春所作。远在英伦的诗人思念故国，怀想金陵，他是研究南北朝史、隋唐史屈指可数的专家，是享誉中外的国学大师，他以历史学家的目光和海外赤子的热肠，纵览天下，追昔抚今，感咏时事，一句"英伦灯火高楼夜，伤别伤春更白头"道出了时年五十五岁的学者诗人满怀忧思的中年哀曲。有资料说，旅英期间，陈寅恪曾治疗眼疾，此前在国内有过一次不成功的手术，再经英医诊治开刀，视力未能恢复，病情反而加剧，最后下了双目失明已成定局的诊断。诗中"去国欲枯双目泪"，显然也是这位视学术为生命的学者因为失明带来巨大痛苦的直接反映。

旧游：指南京，为南朝首府，也是所谓"金粉之地"。徐妃半面：

徐妃是梁元帝宠妃,因元帝一眼失明,徐妃侍寝时以"半面妆"应付,亦有"徐妃风流"之谓。苍天已死:"苍天已死,黄天当立",东汉时爆发的黄巾起义农民军所使用的口号。青骨成神:汉末秣陵县尉蒋子文自称身上有青骨,死后能够成神。浮家:以船为家,有成语"浮家泛宅"。此处是形容漂泊。

高二适（1903—1977）

诗人，学者，书法家，原名锡璜，号痦盦，晚号署舒凫，江苏泰州市姜堰区兴泰镇（旧属东台）人。早年任民国立法院秘书，1963年被聘为江苏省文史馆馆员。1965年与郭沫若展开"兰亭论辩"，震动士林。著有《新定急就章及考证》《高二适批校刘禹锡集》《高二适书法选集》《高二适诗选》等。

大雪望钟山感赋

钟山冻合玉玲珑，一瞥银光万顷同。
待狎盐梅回暖候，早驱鹅鹤策奇功。
劫余禹域空城守，寒逼尧年试火攻。
莫倚题诗夸喜气，黎民满眼正疲穷。

1947年岁末严寒，南京多雪，景色殊异，给抗战胜利后回宁居住仍处于时局动荡和生活不安定中的诗人带来了创作灵感。不长时间内，他接连写了《雪后白鹭洲》《出城看残雪》等多首咏雪抒怀诗。这首七律《大雪望钟山感赋》以大雪纷飞后天地"冻合"、钟山"银光万顷"的壮丽景象开篇，抒发了诗人寄望于物候回暖、万象更新、禹域复苏、天下太平的迫切心情，同时也对"黎民满眼正疲穷"的社会现实，表示了沉重的担忧。

待狎：等待更替。盐梅：古人谓调味品，盐第一、梅次之，是为盐梅之寄，比喻可托付重任，亦有调和之意。禹域：指中国。古代传说禹平水土，划分九州。尧年：古史传说尧时天下太平，因以喻之盛世。夸喜气：瑞雪是丰年之兆，本应有喜气，但结合下文，此处句意为老百姓饥寒交迫的困苦，让诗人忧心忡忡。

卢前（1905—1951）

　　诗人、戏曲史研究专家、散曲作家、剧作家，原名正绅，字冀野，自号饮虹、小疏，南京人。1923 年加入新南社。东南大学国文系毕业，历任金陵、河南、暨南、光华、四川、中央大学等多所高校教授。曾任南京市文献委员会主任、南京通志馆馆长，搜辑校刻《饮虹簃所刻曲》、主持出版《南京文献》26 卷。著有散曲集《饮虹乐府》九卷、词集《中兴鼓吹》、学术著作《中国戏剧概论》等。

九载从亡

九载从亡鬓点斑，何期今日得生还。

盈眶热泪情难制，眼底青青旧蒋山。

　　这首七言绝句是 1945 年抗战胜利后，作者乘飞机回到南京时所作，记录了他从飞机上看到"青青旧蒋山"时的激动心情，真实而又感人。八年抗战，九载流徙，山河破碎，物是人非……多少国仇和家恨在心头撞击、在胸中翻腾；多少离乱悲愁、多少梦绕魂牵——在此时此刻，一起化作了奔涌的诗情和盈眶的热泪！

　　原诗无标题，今摘录首句以命名。作者还有一首《还乡杂诗》叙述他重返金陵老家的此情此景："华表前头一鹤归，依稀城郭是耶非？九年水火谁相问，万里关山愿已违。匝地瓜蔬新宅废，小时坊里至亲稀。邻家老妇犹相识，笑指修髯汝尚肥！"——此诗可以作为这首《九载从亡》最生动的注释。

　　从亡：流亡、逃难。蒋山：紫金山。

重过半山寺

　　[南吕步步娇] 老树当门红泥寺，曾记童年至。女墙月上迟。见一座

亭儿想起争墩事。他驴背晚归时，诵熙宁一部维新史。

[江水儿]拗相今传世，只有诗。叹空将抱负腾文字，算未能酬得平生志，笑酸儒依旧乔张致，气坏了临川居士。但结网蜘蛛还仗着王门势。

[清江引]王门大才福建子，反复真无耻。眼中例最多，世上人如此，有几个能来半山吟到死！

　　半山寺，即王安石晚年所居半山园，因安石大病后"舍宅捐寺"，神宗亲赐匾额"报宁禅寺"，也称"半山寺"。这组套曲《重过半山寺》最初发表在民国三十七年（1948 年）九月十九日的南京人报上。卢前是近代戏曲鼻祖吴梅先生的高足，同为戏曲理论家和创作高手，他以鲜明活泼的戏曲语言，摘取典型环境中的生动细节，在极短的篇幅内刻画了"拗相公"王安石"驴背晚归"仍"诵熙宁一部维新史"的改革家形象。作为反面陪衬，作者还对当年阻挡与干扰改革进行的"福建子"作了漫画式的洗练又犀利的勾勒，使半山园主人的形象更为凸出、丰满。联系 20世纪 40 年代后期的国内时局，这样的"历史剧小品"，显然是有进步意义的。

　　争墩事：半山园又名谢公墩，传为东晋谢安故居遗址。谢安，字安石，王安石曾写《谢公墩》诗，笑称并不想与另一个安石相争，还在墩上盖了亭子纪念他。熙宁：神宗年号（1068—1077 年）以王安石变法而闻名，史称"熙宁变法"。拗相：也称"拗相公"，是当时人对王安石的"讥称"，很见个性。福建子：神宗朝福建籍官员在朝中得势，颇有几个在王安石变法中反复无常（在外人看来是"王门弟子"），成为反对派攻击王安石的把柄，令晚年的安石还念念在心。

单人耘（1926— ）

字子西，号散虹、耘者、野农，南京江浦人。1951 年毕业于金陵大学农学院农业经济系，南京农业大学兼职教授，江苏省文史馆馆员。自幼师从林散之学诗并研习书画，著有《一勺集》《单人耘咏农诗词三百首》等。

农夫

烟蓑雨笠不离身，早起迟眠历苦辛。

谁使农夫饥饿甚？一犁养活半城人。

此诗写于 1941 年，16 岁的少年诗人自幼在农村长大，正值日本侵华、南京沦陷，目睹农村凋敝、农民疾苦，又读了郑板桥家书中"我想天地间第一等人只有农夫……皆苦其身、勤其力，耕种收获，以养天下之人"而有感而作。诗评人宣伟强评说："'谁使农夫饥饿甚？一犁养活半城人'是继李绅'锄禾日当午'之后的唯一警句。此诗是单人耘早期的代表作，必将载入文化史册。"

烟蓑：雨具，即蓑衣，苏轼有句"一蓑烟雨任平生"。一犁：耕耘是农事的基础，犁是标志性的农具。一犁耕天下。"一犁养活半城人"并非虚言，而是富有想象力和表现力的诗意语言，出于 16 岁的少年之手，更为不易。

谢士炎（1912—1948）

革命烈士，化名谢纵天，湖南省双峰县人。1937年考入陆军大学。1940年任八十六军四十六团团长，1945年6月晋升为陆军少将副参谋长。日本战败投降后，参与芷江受降工作。因对国民党腐败和反动政策深恶痛绝，1947年初秘密加入中国共产党。他利用任北平十一战区司令长官部作战处长参与高级军事会议的机会，向党提供了一系列重要军事情报。同年九月由于叛徒出卖被捕，先后被关押在北平监狱和南京陆军中央监狱。1948年11月英勇就义。

就义诗

人生自古谁无死，况复男儿失意时。

多少头颅多少血，续成民主自由诗。

1927年"四一二"政变以后，南京成了国民党反动派实行白色恐怖统治的中心，许多共产党人和进步人士遭到囚禁和屠戮。他们以生命和热血，为自古多英烈的金陵诗坛，续写出一首首视死如归、大义凛然的壮歌。谢士炎烈士的这首《就义诗》是其中之一。这位被国民党高级将领顾祝同赞为"壮年有为，能文善武"的战将，被捕后连保密局资深干员谷正文也被他的凛然正气所"震慑"、深感其"不好对付"。有记载说他也是一位诗歌爱好者，他在南京陆军中央监狱关押期间为了鼓励狱友坚持斗争，还写下这样一首诗抒怀明志："华夏神州炮声隆，英雄效命为工农。生死一线咫尺外，青春原是血染红。"

毛泽东（1893—1976）

诗人，中国共产党创建人和领导者之一，中华人民共和国开国领袖，字润之，湖南湘潭人。

人民解放军占领南京

钟山风雨起苍黄，百万雄师过大江。

虎踞龙盘今胜昔，天翻地覆慨而慷。

宜将剩勇追穷寇，不可沽名学霸王。

天若有情天亦老，人间正道是沧桑。

1949 年春天，诗人毛泽东以一首激昂的七律，咏唱了中国历史上一个翻天覆地的时刻，参加渡江战役的人民解放军分东西中三路，东起江阴，西迄九江湖口，于 4 月 20 日夜，在五百余公里长的战线上开始横渡长江。4 月 21 日，毛泽东发布《向全国进军的命令》。23 日百万大军全部渡过了长江，当晚占领南京城，象征国民党反动统治的总统府办公室的日历只翻到 4 月 22 日。铿锵的韵律、深刻的寓意，应和着钟山风雨和如云帆叶，在历尽沧桑的千秋诗坛上发出了气壮山河的强音。从此，古都金陵和咏唱她的诗歌，迎着新中国的朝阳，掀开了崭新的篇页。

苍黄：同仓皇，喻突变。慨而慷：感慨而激昂。曹操《短歌行》："慨当以慷"。剩勇：指解放军已取得三大战役的胜利，仍须将勇气鼓足，争取更大的胜利。穷寇：走投无路的敌人。《后汉书·皇甫嵩传》："兵法（指《司马兵法》），穷寇勿追。"这里反其意而用。沽名：为博得虚名而为，并非从实际出发。霸王：指楚霸王项羽。天若有情天亦老：借用李贺《金铜仙人辞汉歌》中诗句，原句意为（对于这样的人间恨事）天若有情，也会因悲伤而衰老。这里是说，天若有情，见到国民党反动统治的黑暗腐败，也要因痛苦而变衰老。正道：一解为"正在说"的意思，一解为"正道"指社会发展规律。沧桑：沧海变为桑田，喻指革命性的发展变化。

外国诗人咏南京

［日本］中岩圆月（1300—1375）

法名圆月，字中岩，号中正子，俗姓土屋。日本相模镰仓（今属神奈川县）人。8岁入寿福寺，12岁从道慧禅师学习儒家经典，15岁从曹洞宗渡日僧东明慧日习禅。21岁时从临济宗大师虎关师炼学习。还曾在京都三宝院修习密教。元泰定二年（1325年），即日本正中二年，渡海入元。遍参名山大刹，师事临济宗东阳德辉和尚，并精研程朱理学。期间，为参谒临济宗高僧、保宁寺住持古林清茂，曾多次赴金陵。来华七年后回国。打破日本僧界惯例，宣布继承临济东阳法嗣，被日本曹洞宗视为叛逆，屡遭行刺。历应元年（1338年）所修《日本纪》，主张中国的吴泰伯为日本国祖，一度引起朝廷不满，以致该书被焚。历任万寿、建仁、建长等名寺住持。赐谥佛种慧济禅师。擅长汉诗文，奠定了五山文学鼎盛期的基础，是日本中世汉文学最高水平的代表人物。著有《文明轩杂谈》《中岩和尚语录》《东海一沤集》《中正子》等诗文集。

金陵怀古

人物频迁地未磨，六朝咸破有山河。

金华旧址商渔宅，玉树残声樵牧歌。

列壑云连常带雨，大江风定尚生波。

当年佳丽今何在，远客苍茫感慨多。

本诗为作者游历金陵期间所作。金陵为衣冠文物兴盛一时的六朝古都，经历隋唐耕垦和五代重建，再次崛起为南方的大都市。游人骚客在此周览故国山川，极易生发物是人非、兴亡更替之慨。"金陵怀古"因此成为中国古典文学的恒久母题。作者学习中国经典多年，深受汉文化熏陶，置身金陵时自然生发情感共鸣，创作出这首日本汉诗中的怀古佳作。

磨：磨灭。金华：尊贵、繁华。商渔：商家和渔家。玉树：即陈后主填词的乐曲《玉树后庭花》。

［安南］范师孟（1378年前后在世）

字義夫，号畏斋、峡石。安南峡山（今越南海阳省京门县）人。师陈朝大儒朱文安（曾任国子祭酒）。妹夫黎括亦为名儒。陈明宗时入太学。历仕明宗、宪宗、裕宗三朝。裕宗绍丰六年（1346年），进参知政事，兼枢密院事。大治元年（1358年）起，历任入内行遣知枢密院事、行遣左司郎中等。大治八年（1365年），官至右纳言。封关县伯。《全越诗录》收其诗39首（列目42首）。

和大明使余贵（之一）

三十年前过建康，秋风万里一征艎。

六朝人物钟山在，百战关河江水长。

铁瓮石头惟夜月，乌衣朱雀只斜阳。

大明今日都江左，胡运危亡汉运昌。

本诗大约作于明洪武十一年（1378年）。范师孟曾于安南绍丰五年（1345年）北使元朝，先过今广西、湖南至长江，顺流而下至集庆，再由大运河北上。沿途留下多篇诗作，如《过潇湘》《北使过乌江题项王庙》。"万里驰驱北使燕，旧游三十又三年"，他在给明朝使臣余贵题写两首和诗时已是33年之后，提及往事仍如历历在目。此时中国刚刚经过王朝更迭，金陵重新成为都城，作者不胜感慨，遂咏史抒怀，盛赞"汉运"昌盛。

建康：为六朝和宋元时南京的旧称。元天历二年（1329年）改建康为集庆。征艎：指大型客船，多见于宋诗。铁瓮：即铁瓮城、京城（京口）、子城，故址在今镇江北固山。石头：即石头城，故址在今南京清凉山。二城并为吴大帝孙权创筑于东汉末年。乌衣：即乌衣巷。朱雀：即朱雀桥。

［高丽］郑梦周（1337—1392）

初名梦兰、梦龙，字达可，号圃隐，高丽庆州迎日（今韩国庆尚北道永川）人。其家世代武官。自幼好学。元至正二十年、高丽恭愍王九年（1360年），以第一名中举。两年后出仕。至正二十七年（1367年）任学官，拜礼曹正郎兼成均博士。任至艺文馆大提学、门下赞成事。明洪武五年至十九年（1372—1386年）五次出使明朝（其中三次成功入境抵达南京）。主张亲明疏元政策，力推变蒙古服为华服，崇学重教，尤尚朱子家礼，开高丽（朝鲜）五百年尊儒先河，被誉称该国理学之祖。因忠于王氏高丽，反对李成桂夺权被杀。李氏朝鲜建立之初，迫于舆论，为其平反，谥文忠。著有《圃隐集》。

皇都（四首）

其一

皇都穆穆四门开，远客观光慰壮怀。
日暖紫云低魏阙，春深翠柳夹官街。
锦袍公子乌纱帽，蒨袖女儿红绣鞋。
宾客岧峣近天上，兰舟不用泊秦淮。

其二

内人日午忽传宣，走上龙墀向御筵。
圣训近闻天咫尺，宽恩远及海东边。
退来不觉流双涕，感激惟知祝万年。
从此三韩蒙帝力，耕田凿井总安眠。

臣梦周于洪武丙寅四月，奉国表在京师会同馆。是月二十三日，上御奉天门，内人传宣，促臣入内，亲奉宣谕，教诲切至。因将本国岁贡金、银、马、布一切蠲免，不胜感荷圣恩之至，谨赋诗以自著云。

其三

羞将白发客春风，莺啭江南绿映红。

归马放牛文治盛，盘龙踞虎帝居雄。

柳藏开国功臣宅，花覆朝天道士宫。

阙下时时听宣谕，无缘一上酒楼中。

其四

尺剑龙飞定四维，一时豪杰为扶持。

山河带砺徐丞相，天地经纶李太师。

驸马林池春烂漫，国公楼阁月参差。

始知盛代功臣后，共享升平万世期。

　　本诗作于明洪武十九年（1386 年）。洪武初年，高丽在明朝和北元之间摇摆不定，亲元、亲明两大势力斗争激烈。洪武七年（1374 年），实行亲明政策的恭愍王被弑，亲元派拥立辛禑，杀害明使，恢复与北元的宗藩关系。随着明军数次成功北征，明盛元衰的趋势已不可逆转。高丽多次向明廷恢复朝贡不成，作者作为曾觐见过朱元璋的亲明派代表也两次出使被拒境外。直到高丽彻底断绝与北元宗藩关系，才于洪武十七年（1384 年）得以恢复朝贡，负责此次破冰之旅的就是郑梦周。次年，明王朝敕封辛禑为高丽国王。洪武十九年（1386 年），作者最后一次奉命出使明朝，在其请求下，朱元璋赐予高丽明朝官服，并蠲除五年未纳之贡，改负担沉重的岁贡为三年一贡，贡品仅为 50 匹种马，牧放于紫金山南的马场。作者由于顺利完成使命，难抑感激涕零的兴奋之情，遂一气呵成《皇都》四首，热情颂扬天朝圣恩、南京美景以及大明的和平繁盛。

　　魏阙：魏指宫门上的观楼，阙指宫门前对称的高台，魏阙为宫城代称，常喻指朝廷。**内人**：即太监。**海东边**：指代高丽。**三韩**：原指古代朝鲜半岛南部的马韩、辰韩、弁韩（或弁辰）等三国，为朝鲜半岛民族共同体的主体来源之一，故后世朝鲜民族多有"三韩子孙"之称，也常以"三韩"代称高丽或朝鲜。**朝天道士宫**：即朝天宫，觐见天子前的习仪之所。**徐丞相**：即徐达，洪武三年（1370 年）授太傅、中书右丞相。**李太师**：即李善长，洪武三年（1370年）授太师、中书左丞相。

舟次白鹭洲

洲在观音山下。

白鹭洲边浪接天，凤凰台下草如烟。

三山二水浑依旧，不见当年李谪仙。

本诗作于明洪武十九年（1386年）。作者完成出使任务，离开南京启程回国。其船行航线当出水西门，进入长江，顺流入海。水西门直面江中的白鹭洲，熟悉中国古典文学者很容易联想到李白的怀古名诗《登金陵凤凰台》。作者舟行江中，虽然没有谪仙当年的愁绪，但追慕往哲之情不能自抑，故低吟浅唱致敬前贤。

观音山：即幕府山，山下实为七里洲，即今八卦洲。作者远道而来，不熟悉南京地理，故混淆了两大江洲的位置。李谪仙：即诗仙李白。

［高丽］权近（1352—1409）

原名晋，字可远，号阳村，谥文忠公。高丽安东（今属韩国庆尚北道）人。朱子学著名学者。其曾祖为将朱子学引入高丽的重要人物权溥，其师为朱子学大儒李穑。洪武元年（1368年）入国学成均馆。后以殿试第二名入仕。官至集贤殿大提学并判内赡寺事、知经筵春秋馆事、世子二师，拜吉昌君。洪武二十二年（1389年）、二十九年（1396年），先后代表高丽和朝鲜奉使南京。推崇改革，倡办书堂。著有《礼记浅见录》《入学图说》《五经浅见录》《阳村文集》等，曾参与官修《东国史略》（即《三国史略》）。

宿龙江驿

缘江石壁，新构观音殿，凿石置屋，半出空中。

地远江流阔，山围石壁长。
庵开屏障尽，墙束羽林枪。
自幸观中国，时还忆故乡。
白云横海上，满目渺苍苍。

本诗作于明洪武二十二年（1389年）。时高丽王辛禑因铁岭卫问题举兵反明，为李成桂驱逐，改立其子辛昌为王，又派门下评理尹承顺奉使南京，请求允许幼王赴京朝见明太祖，及回禀征送处女给皇子成亲事。作者以签书密直司事、进贤馆提学为副使随行。他极为珍惜观览中国的机会，"凡有接于耳目者，必记而诗之"。此诗为作者收入《奉使录》的第一首描写南京景物的诗作。

龙江驿：为水马驿。明初，外国使节朝贡，俱在此驿宴飨迎送。在城北狮子山外通江桥西的江岸处，沿迎宾大道南行 15 里，入金川门，通宫中。明代《南京水路歌》有云："龙潭瓜步依江屯，龙江驿上金川门。"观音殿：即观音阁，位于幕府山脉的岩山头台洞附近，倚岩而筑，明弘治年间建为弘济寺。作者称其为新构，则观音阁始筑年代约在洪武二十二年或稍早，与旧籍所载建于洪武初年的说法不同。

十月二十七日命题（六首选一）

引觞南市，酩酊而归。南市，楼名。

百尺高楼压市廛，游人登眺兴悠然。
长街万货纷交错，华屋千甍远接连。
屡引金觞看妙舞，更闻瑶瑟赋新篇。
皇恩既渥那辞醉，酩酊归来月上天。

本诗作于明洪武二十九年（1396年）。时王氏高丽已为李氏朝鲜所代，大明虽赐朝鲜国号，承认了政权更迭，但迟迟未册封朝鲜国王，两国关系时有紧张，以至两次因"事大文书"——表笺文字"轻薄戏侮"发生外交风波。在朱元璋欲征召表笺撰述者予以严惩的情况下，作者主动请缨，随使赴京，其诚心事大的表现通过了朱元璋的一系列考验而深得赏识，受到赐食、赐衣及游街三日，并先后在来宾、重译等酒楼赐宴的优待。后权近奉朱元璋命题写应制诗24篇，体现了作者高超的汉诗水平和深厚的慕华思想。其中十月二十七日作《听高歌于来宾》《阅伶人于重译》《引觞南市酩酊而归》《开怀北市落魄而还》《醉仙畅饮游目于江皋》《鹤鸣再坐闻环佩而珊珊》等六首，所吟即游观酒楼之事，其文辞对京城繁华描绘极尽。朱元璋嘉许之余也亲撰三篇御制诗回赠。经此番诗赋往来，两国的紧张关系得以缓和，为后来建文帝册封朝鲜国王奠定了基础。

南市楼：酒楼名，为明初所建京城十六楼之一。清康熙年间，被知府陈鹏年改为讲堂。其故址位于评事街附近，有南市楼巷。

［高丽］赵濬（1346—1405）

字明仲，号吁斋、松堂，谥文忠。平安道平壤府祥原郡（今属朝鲜）人。高丽末年登第。明洪武二十一年，即高丽辛禑十四年（1388年），李成桂掌权，任知密直司事兼司宪府大司宪。曾议革私田，推行科田法。洪武二十五年（1392年），李氏朝鲜建国，奉为"开国第一功臣"，拜门下右侍中，封平壤伯。官至左政丞。洪武三十年（1397年），力阻权臣郑道传等借表辞不恭被责事件与明绝交并入侵东北的图谋。同年，奉命撰成国家法典汇编《经济六典》。明建文元年（1399年），辞首相，以判门下府事就第。自著有《松堂集》四卷。

夜泊金陵

兰舟绿水晚荷红，夜泊金陵一夜风。

老柳长波扬子渡，寒花细草馆娃宫。

百年荣辱身将老，六代兴亡鸟没空。

天下莫强仁可结，钟山隐隐月朦胧。

本诗作于明洪武二十四年（1391年）。时为高丽恭让王三年，作者以门下赞成事之职充任贺圣节使，于六月赴京师为明太祖朱元璋贺寿。朱元璋寿辰在九月，正是寒花（即菊花）开放的时期，故推断其成诗的具体时间当在即将离京返国之际。作者在数月之后就成为推动朝鲜建国的首要重臣，值此高丽末年身处六朝古都，自然流露出特殊的兴亡感触及对仁政的强烈期待。

兰舟：鲁班刻木兰为舟，后世用作舟船之美称。扬子渡：长江古渡，在扬州南门外广陵驿附近，为明初高丽、朝鲜贡使必经之地。馆娃宫：在今苏州灵岩山，吴王夫差为西施所建离宫，后成为纵情女色而亡国的象征。金陵六朝也终结于荒淫怠政的陈后主，故以此宫为喻。六代：即定都金陵的吴晋宋齐梁陈六朝。莫强仁可结：语出《资治通鉴》："其强足以结仁固义"。此处意指施行仁政方可强大。

［安南］丁儒完（1671—1716）

字存朴，号默翁，驩州香山安邑（今属越南中部的河静省）人。后黎朝庚辰科（1700年）二甲进士。历官尚宝寺卿、工部右侍郎。清康熙五十四年，即黎裕宗永盛十一年（1715年），作为岁贡副使，随阮公基等出使清朝。次年在北京城外病逝。追赠吏部左侍郎。次年，女婿、工科给事中阮仲常将其出使时所作诗文汇编为《默翁使集》，并加以注释，集内作品主要反映了作者所见的中国山川风物和人文风情。

晚访南京古城

携仆扶藜访古城，晖斜钟晚苦余情。
谯楼春去杨烟泊，画角秋深戍梦惊。
洪武藩翰云一翠，崇祯弓马月三更。
林园花草嗟蕉鹿，夜夜长江暗咽鸣。

本诗作于清康熙五十四年（1715年）。清朝前期，安南贡使由广西入境，穿越湖南，沿长江下行至南京，再由扬州进入大运河，直抵北京。其路线行遍九省，跨越几乎半个中国。而南京是其使臣往返必经的城市。由作者留下的多篇诗文，尤其是与南京相关的10余首诗中，可以明显感受到他对明清易代深感遗憾，处处流露恋明情绪，甚至直称清朝为胡。本诗反映的古城印象，其实就是明代旧都。诗中提及的"洪武"和"崇祯"分别是明代开国和亡国年号，"蕉鹿"、"咽鸣"更是深深寄托着伤古忧思和情感认同，体现出作者受汉文化影响之深。他在南京与王蓍、陶文度、马几先等文人遗民多有交往，不谓无因。

藩翰：指护国重臣或藩国。蕉鹿：典出《列子注》，原文曰："郑人有薪于野者，偶骇鹿，御而击之，毙之。恐人见之也，遽而藏诸隍中，覆之以蕉。不胜其喜。俄而遗其所藏之处，遂以为梦焉。"后指梦幻。

［安南］阮宗窐（1693—1767）

号舒轩，谥岸肃。太平御善福溪（今属越南北部）人。后黎朝保泰二年（1721年）辛丑科进士。历官刑部左侍郎、户部左侍郎、翰林院侍读，封午亭侯。清乾隆七年（1742年）、十三年（1748年），即后黎朝景兴三年、九年，分别以副使、正使身份出使北京。晚年贬为民，就宅课塾。其首次北使留下了与正使阮翘的燕行诗文合集《乾隆甲子使华丛咏集》，另有《使华丛咏集》《使程新传》《咏史诗》《五伦叙》等。

游紫金山

旧名钟山，在城之东北，势如龙蟠，有紫金佳气，因改是名。

秋高月朗陟崔嵬，紫气浓浮扑面来。
草木精神铺地秀，山川眉目向人开。
龙蟠远势霞千岭，雉屹重城玉一堆。
双眼乾坤看未足，晚钟烟寺响频催。

本诗作于清乾隆八年（1743年）。当时作者为副使，入贡北京，于六月抵南京江东门外北河口。在宁期间，不仅创作了《舟次漫成》《金陵怀古》等10余首诗作，还与文士高山仰、李半村、张汉昭、屈宗乾、花州居士、李本宣、吴烺等各有唱和。《乾隆甲子使华丛咏集》抄录了他与正使阮翘的诗作，《使华丛咏集》则仅收录其本人诗作。本诗两书皆有收录，惟文字略有差异。远道而来的诗人骚客在南京常易生发怀古之情，此类单纯描摹南京壮美景色的诗作反而更显别具一格。其风格确如张汉昭所言，有"清新俊逸之气"，诗后评语也赞其中佳句"直逼盛唐"，充分反映了作者拥有较高的汉诗素养。

重城：紫金山上可见江宁府城、满城、故宫三重城墙环环相套，故称重城。玉一堆：《乾隆甲子使华丛咏集》作"土一盃"。

［日本］古贺朴（1750—1817）

字淳风，号精里，通称弥助。日本肥前佐贺郡古贺村（今属佐贺县）人。世仕佐贺藩。明治时期著名学者石川鸿斋推其为日本文章八大家之一。初学阳明，后宗朱子学。幕府招任为儒官，为宽政（1789—1800 年）三博士（或宽政三助）之一，参与主持圣堂教席，设书生寮，扩建校舍。后圣堂改称学问所，成为幕府直辖的最高学府昌平黉。有《大学章句纂释》《大学诸说辨误》《精里文集抄》等。

拟金陵怀古

龙蟠虎踞到如今，谁使东南王气沉。
六代繁华犹在眼，千年豪杰自伤心。
春田麦满楼台址，天堑波鸣鼙鼓音。
处处寒烟松柏色，墓陵其奈牧樵侵。

本诗大约作于 18 世纪后期。唐宋诗人多有以《金陵怀古》为题的五言绝句或七言律诗，前者如刘禹锡，后者有王安石。作者此诗为仿作，故冠以"拟"字，并非实地到访南京。诗中将龙蟠虎踞、东南王气、天堑、鼙鼓等典故运用自如，可见作者对南京乃至中国历史熟稔于心。该诗也堪称日本汉诗佳作。

天堑：指长江。鼙鼓：骑兵用的小鼓。此句化用"渔阳鼙鼓动地来"，比喻北军南侵。

［日本］桥本蓉塘（1844—1884）

名宁，字静甫，号蓉塘、慎斋。生于日本京都。西京三才子之一。其诗宗奉白居易、陆游，在日本属香奁体（神韵派）。早年就读立命黉。日本明治五年（1872年），赴东京，入官内省任职。明治七年（1874年），森春涛在东京组织以崇尚清诗著称的茉莉吟社（小江湖社）。作者为其门下弟子，参与组社，有四天王之誉。明治十七年（1884年）去世，授三等掌典补兼式部三等属。有《琼予余滴》《蓉塘诗钞》。

题《秦淮水阁图》（六首选一）

楼外红桥桥外楼，秦淮犹见旧风流。

梅花明月春入笛，桃叶烟波古渡舟。

后主有歌翻玉树，老公无策护金瓯。

于今丁字帘前水，呜咽如含六代春。

本诗作于明治时期。作者通晓汉文，善为汉诗，又与清公使馆随员姚文栋交往密切。姚文栋于清光绪七年（1881年），即明治十四年赴日，奉公使黎庶昌之命应接日本文人，驻日六年间，广泛交游，勤搜资料，编撰有关日本书籍达9种，为清末日本研究之重要专家。故此诗当为与姚氏交流赏画时所作。

水阁：即秦淮河边的河厅河房。秦淮水阁最知名的就是丁家水阁，清初钱谦益曾著《就医秦淮寓丁家水阁绝句三十首》。桃叶古渡：位于十里秦淮与青溪汇流处的古渡口，传说王献之在此迎接爱妾桃叶。后主：即陈后主陈叔宝，曾创作《玉树后庭花》，被后世视为亡国之曲。金瓯：指国土。语出《南史·朱异传》："（梁武帝）尝夙兴至武德阁口，独言：'我国家犹若金瓯，无一伤缺。'"丁字帘：地名，在秦淮河利涉桥畔，为明时乐户聚居地。清钱谦益关于秦淮丁家水阁的诗句有"夕阳凝望春如水，丁字帘前是六朝"，为本诗第七、八句所翻用。

主要参考书目

夏晨中、宙浩等编注：《金陵诗词选》，南京大学出版社 1986 年版

俞律、冯亦同编：《诗人眼中的南京》，南京出版社 1995 年版

季伏昆主编，宙浩、张宏生副主编：《金陵诗文鉴赏》，南京出版社 1998 年版

叶皓主编：《金陵颂——历代名家咏南京诗文精选》，南京出版社 2005 年版

南京市栖霞区地方志办公室编：《栖霞诗珍》，方志出版社 2002 年版

阎文斌编：《秦淮诗词》，江苏文艺出版社 2000 年版

石叟（刘慧勇）编选：《中华民国诗千首》，海南出版社 2013 年版

韦晓东编著：《以笔为枪——重读抗战诗篇》，南京师范大学出版社 2015 年版

后　记

　　2015 年的冬天，对我来说，是一个忙碌而又充实的"盛夏"，因为我远在南半球的奥克兰，正当一年中气温最高的日子，用三个月的时间完成了一部近十五万字的书稿。年逾古稀的我，有精力和兴趣从事这项并不轻松的工作，最大的内在动力来源于我以为自己是在同"思接千载、视通万里"的一百多位令我仰慕已久的诗国先贤"对话"，是在一张幅员广大、历史悠久、名叫"金陵"的遍布着令世人瞩目与向往的千秋名胜的"诗歌地图"上行走——为有缘读到它的朋友们做一回"神游"的向导、隔着一层纸的"讲解员"。如果能够通过阅读本书，给大家带来一点新鲜感，增添一份诗情画意的收获，对编选、撰稿者来说，就是最大的欣慰和酬劳了。

　　因此，当我终于松了一口气坐在电脑前写这篇后记时，我心里升腾起的是感谢和感恩之情。首先要感谢南京这座陪伴我学习和成长、生活和工作的城市，是她让我从学生时代就接触到"历代南京经典诗词"这座华夏诗歌的艺术宝库、东方文明的文学富矿。由于工作和创作的关系，我也参加或主持过一系列有关南京诗词与历史文学名篇的结集、鉴赏、朗诵演出等编选、撰稿或组织工作。正是这样的经历为我接受编选与撰写本书创造了条件。感谢《品读南京》丛书主编徐宁女士、卢海鸣先生，还有本书的责编王松景女士、吴新婷女士，没有他们的信任、委托和在筹划、编校、历史资料等方面的指导与协助，我是无缘于此书的。而在搜集资料、撰写诗人生平和说明文字过程中，给予我帮助、指点的朋友更多，他们是南京古都学会、郑和研究会的陈平女士、吴之洪教授，南京栖霞区的文史专家吕佐兵、方政、管秋惠先生，南京市诗词学会的王宜早先生，《江南贡院》编辑部的王德安先生、曾立平先生，高二适先生的后人尹树人、高可可夫妇，卢前先生的后人卢偌、卢咏椿先生，朱偰先生的后人朱元曙先生以及友人杨国庆先生、王书宽先生。

　　我还要特别感谢为本书提供重要参考的几本收录南京诗词选本的编

者们，我已经将他们的大名列在《本书主要参考书》的介绍文字中了。在本书各篇作品的说明文字中，我还点名介绍了赏析评品的专家学者，其中有我爱戴和尊敬的师长唐圭璋先生、程千帆先生、金启华先生、吴调公先生、曹济平先生、霍焕民先生、俞律先生、常国武先生、吴锦先生，学长季伏昆先生、俞润生先生，同窗与同侪沈乃璟先生、王英群先生、王步高先生、钱旭初先生，以及学弟韦晓东先生等多位评家、学者。

最后，我要感谢的是长期以来给我以支持、照顾的家人。在我旅居的离南极已不远的大洋洲南端，飘溢着花香鸟语的窗外绿草地上有一株葱茏的小橘树，从我来此的第一天起，就看到她青翠叶丛间绽放雪片似的小花蕾，枝条上垂挂着金黄和青葱的果实，这段宝贵的时光也有她的陪伴与见证。我以为我手中的这份来自神州热土的工作所寄托的挚爱与牵挂、期待与祝福，也如同一株南国的嘉树需要温暖的阳光、需要心血和汗水的浇灌——因此她的成长也时刻激励和鼓舞着我，在这令远方师长"有隔世之感"（余光中先生语）的遥远天边，为名城南京和金陵诗坛略尽绵薄，非但乐此不疲，而且深以为幸。

冯亦同
谨识于奥克兰西区之南橘园